綠血

華文世界第一本潛水職人小說
眞人眞事改編我國第一屆
職業潛水人員的心路歷程

作者◎蘇達貞

作者簡介

蘇達貞（拖鞋教授）

海洋大學輪機系畢業，夏威夷州立大學海洋工程學博士，目前定居花蓮鹽寮「追夢農場」，創設「蘇帆海洋文化藝術基金會」，擅長海洋體育休閒運動，致力親海活動推廣，歷年海洋冒險創舉無數。

出版著作：《海洋活動設計》、《夢想海洋》、《拖鞋教授的海洋之夢》、《破浪：海洋獨木舟玩家攻略》、《我家那隻黑母狗》

推薦序

職業潛水專案經理　林靜一

你知道飛機上的黑盒子是什麼顏色？而人在海底五十英呎流血的話，看起來又會是什麼顏色？什麼是混合氣潛水？正確的安全比例又該是多少呢？所謂的水下工作到底包括那些？……

我第一次看完這本「小說」的時候，不禁懷疑這不是一本小說而是事件紀錄？因為以我對於商業潛水（Commercial Diving）的認識和經驗來說，實在是太過於真實！書中除了使用大量的專業潛水術語之外，更幾乎涵蓋了所有目前潛水作業的實施領域和工作項目，換言之，這根本是一本可以直接拿來當教科書的小說。

如果我拿這本小說給台灣的乙級和丙級職業潛水技術士們看，然後要他們猜猜看是誰寫的，絕對沒有任何一個人會答錯，就是書中登場的拖鞋老師本人。蘇達貞教授不僅是台灣官方職業潛水技術規則的制定者，也是國家執照考試的主任委員，就這個意義上來說，其實每一位現職的職業潛水技術士都是他的學生，在現實生活中，見到拖鞋本人是絕對要立正敬禮的。這也難怪他要以這一本小說來為這群學生大聲請命，期望國人能起碼注意到他們在國家水底工程建設中的重要性和貢獻！

職業潛水其實是非常安全的專業工作，通常會傳出不幸意外的反而是一般民眾所從事的警覺性較低、潛水深度不超過二十公尺的休閒潛水，正所謂「越危險的工作越安全」。因為在整個職業潛水作業實施之前與過程當中，每個被操作過無數次、攸關生命安全的細節準則都必須被百分之百嚴格遵守，不容許有絲毫的疏忽略過，事實上潛水總監（superintendent）最常下達的指令就是：All stop（全員停止動作）！

而現實世界中的職業潛水員各個也都是「藝高人膽小」，因為受過嚴格訓練的他們，清楚認知到一時的膽大妄為會為自己和伙伴帶來立即的致命性後果。小說中描寫的致命事件，不就是源自於特定角色的「藝高人膽大」或是無視於專業知識與準則？蘇教授透過戲劇性的設定描寫，苦口婆心一次又一次地傳達了這些無比重要的警訊。

衷心感謝蘇教授為職業潛水技術士發聲，也藉此向這群在水下默默辛苦工作的勇士們，致上最高的敬意與祝福！（要是能翻拍成電影就太好了！）

推薦序

演員　葉毓慈

二〇一七年底，為了電視劇《20之後》即將拍攝的獨木舟內容，我和劇組一幫演員來到花蓮蘇帆海洋基金會受訓，因而和拖鞋教授結下緣分。

拖鞋教授很會講故事，什麼被他講的都精采，有時候讓聽眾都分不清真偽，比我這個工作是專職騙人的演員還會。他的書我也都看過一遍，有一次我開玩笑說：「老師你出版的速度已經追不上我啃書的腳步了。」隔沒多久，我就在電子信箱裡收到《綠血》。

他說這才是他寫的第一本書。

是什麼原因讓拖鞋教授寫了卻壓著不發我沒問。

在很久之後，在我跟海洋有更多相處之後，我才感覺到藏在情節及字裡行間的，除了潛水故事之外，是更廣闊的人生哲學。

潛水這個光想像就危險恐怖的活動，為什麼吸引人前仆後繼地投入？膽小的我一直不很了解。但海以一貫地坦率打動人心，觸碰它的人終究是要回報以誠懇，然後明白，將自己保護得穩穩妥妥並不是最珍惜自己的生活方式，順其自然地我們會被領著，不住去對生命探索、對萬物感受。

海到底是怎麼樣的？它擁有萬千面貌，對他了解不很深的我實在困難形容，不過我有一個浪漫的想像——生命的奧義與寶藏都在水深之處，那是最接近生命源頭的地方，波浪和礁岩將我們阻隔，所以好奇的人啊！必須經過重重考驗才可以尋得（或尋不得）。

門檻那麼高，只給捨得與勇敢的人看見，看見超越生死的祕密。

識過無價風景的人從海裡來，引導他的子弟兵們去尋找，但他終究只能是個引路人，他一個人站在地上，他的孩子們一個一個投入海裡。

關於海，關於潛在裡頭的大祕寶，他不能說得太多，對於一個接近生命真相而再回來的人，會因為謙卑，因自己是太過狹隘的自己而失語。所以寫在《綠血》裡。

作者自序

本書根據真人真事改編，記述我國第一屆職業潛水人員的心路歷程。筆者寫此書的初衷是為了國內諸多土法煉鋼的潛水員所寫，希望潛水夥伴們能夠重視並建立起正確的潛水知識與安全習慣。書內有諸多職業潛水的專業術語，筆者用深入淺出的方式將其融入劇情，建議不諳此道的讀者閱讀到專業潛水知識時，來回多讀個兩三次，再接續讀下去。文中多有諷刺公部門的敘述，其用意無非是希望引起公部門注意到這批社會底層勞工的血淚，體恤他們為生計而出生入死，卻被層層剝削的無奈。也希望本書的讀者都能肯定這一群背負起國家海洋建設任務的無名英雄。

重要人物介紹

黃毛　第一屆職業潛水訓練班的靈魂人物，為人熱心正直，做事沉著冷靜。

阿倫　黃毛沒有血緣的弟弟，黃毛的接班人。

士官長　眷村長大，海軍退役，第一屆職業潛水訓練班最年長的學員。

原住民　來自花蓮的阿美族青年，第一屆職業潛水訓練班的開心果。

強納森　美國德州來的西部牛仔，第一屆職業潛水訓練班最喜愛冒險的學員。

健福　第一屆職業潛水訓練班最刻苦上進的學員。

黑皮　健美先生，第一屆職業潛水訓練班的學員。

阿森　剛愎自負又性情急躁的第一屆職業潛水訓練班的學員。

阿文　阿森的雙胞胎弟弟，第一屆職業潛水訓練班的學員。

阿貴　海產店老闆，第一屆職業潛水訓練班的學員。

拖鞋　第一屆職業潛水訓練班的老師。

陳老闆　熱心公益事業的潛水公司老闆。

二少爺　家族從事海底打撈工程的二少東。

翠涵　士官長在眷村的青梅竹馬。

目次

筆者謹以此書向我國第一屆職業潛水訓練班學員致敬

1
玩命賭錢

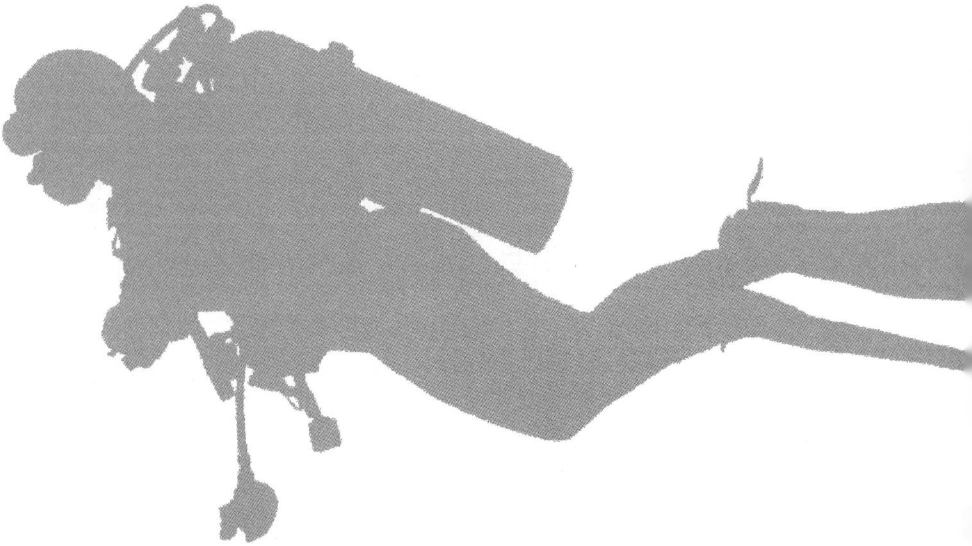

阿倫跟著黃毛到達石油公司簡報會場，現場已經聚集了十來個人，正彼此大聲的寒暄，好不熱鬧，充分感受到他們豪邁的率性與彼此間的熟絡。阿倫在最近跟著黃毛潛水的日子裡，大多已見過這些人，他們都是去年剛從國內「第一屆職業潛水訓練班」畢業的「職業潛水技術士」。

黃毛找到黑皮問：

「同學來了幾個？」

黑皮說：

「健福、阿森、阿文、強納森、原住民、士官長、阿貴，加上你和我共九個，十九個同學來了九個，還有湧興陳老闆和海龍打撈的二少爺也來了。」

黃毛隨著黑皮的話，同時快速瀏覽了會場一圈，一眼看見坐在椅子上，而四面像眾星拱月般被簇擁著的一位中年男子。這名男子身穿POLO衫，是湧興公司的陳老闆，沉穩的坐在椅子上，正聽著大家七嘴八舌的討論事情。黃毛吐掉口中的檳榔，禮貌性的過去和陳老闆打招呼，順便問了一下：

「陳老闆，拖鞋老師會不會來？」

陳老闆說：

「這種玩命賭錢的場合，老師怎麼會來！」

簡報終於開始，台上三個穿著像政府官員的石油公司長官互相推讓一番後，由看起來最資淺的一位理平頭官員上了發言台。平頭官員說：

「本公司位於新竹外海的鑽油平台作業正順利進行中，其中一具鑽井所用的鑽頭，上週因鑽到海底的岩盤，卡在井底部的岩縫裡，需要借重諸位的專業，將鑽頭取出。詳細的現場作業工程請參閱簡報資料。」

黃毛很快瀏覽了一下資料，他知道大部分的同學對於閱讀資料有些困難度，也都養成幾乎不看書面資料的習慣，有意無意的大聲唸了一下重點：

「鑽井平台現場海洋深度四十公尺，油井從海底再向下鑽了大約二十公尺，因此潛水深度已經到達水肺潛水之極限深度六十公尺，油井直徑只有一點二公尺，因此只能容許一位潛水員進入井內，鑽頭水中重量約一百二十公斤，潛水員無法搬運，必須靠其他機械力才能吊出水面。」

幾乎是黃毛唸完的同時，本來令人屏息的安靜現場，突然變成吵雜焦躁的場面，期間還不斷爆出尖銳的咒罵聲。

「幹！多少錢要包給我們做啦？講那麼多有屁用！」士官長好像是下口令似的吼出一句話。

這句話鎮住了所有人的七嘴八舌，也鎮住了所有人的注意力，所有目光焦點落在那位平頭官員身上，等待他說出到底多少錢。平頭官員的表情顯然沒有回答的意願，反而回過頭去看坐在台上另兩位似乎是他長官的官員，兩位長官交頭接耳一番後，回復到四平八穩的坐姿，也回復到現場與他們無關的表情。平頭官員擠出殭屍般的微笑說：

「公司一向既定之政策，是以最低標包給符合資格的廠家、或領有專業執照的個人。」

「駒！長官！你有說——我沒有懂啦——！這樣——到底是——多少錢——！說清——楚——，講明——白——！」

原住民慣有的國語腔調，不用回頭看也知道是那位一開口就會有爆笑場面的原住民同學說話了。除了官員之外，現場幾乎每一個人都搶著回答原住民的問題，黃毛也難得開玩笑似的跟阿倫說了一句：

「我這位原住民同學，沒有米酒是你怎麼說都不可能聽懂的啦！」

「山地同胞——回山上去——不要去海邊的啦——」

士官長也難得輕鬆的學原住民口音回了原住民的話。一陣哄堂，似乎是給了原住民最後的結論。

「五十萬，我包了！」

好像任何團隊、任何場合，都會有一位不太能合群的冒失鬼，「第一屆職業潛水訓練班」的公認冒失鬼，還居然是一位碧眼金髮的死老外「強納森」。不知道他在美國犯了什麼錯，待不下去，跑來台灣寄人籬下，卻一點都不懂得低頭，這時候冒出一句「五十萬」，再次讓人覺得他實在是有夠討厭。

不過台上的三位官員卻都在這時候突然有了精神，還沒等到平頭官員說話，後面那位較胖、較矮、看來較討人厭、官位看來也較高的官員，站起身來走到麥克風前開口說話：

「Hello, my name is Richard Yang. I am in charge of this project. May I know your name?」

厚！居然還說英語，顯然也只是說給強納森聽。

「Yes, sir. My name is Jonathan, Jonathan Kimball. I will do this job for 500 thousand NT dollars!」

有這麼狗腿的洋鬼子也算是潛水界的奇蹟，他們兩人接下來的談話被現場的叫罵聲給掩蓋了，這是阿倫生平聽到所有國、台、英語三字經最多、最齊全的一次，偶而還可以聽出一兩句原住民的三字經。

矮胖的長官表現一番之後，終於和強納森握個手回到座位上，並示意平頭官員繼續主持。平頭官員顯然急著進入投開標程序，早點兒下班，斷然宣布：

「現場現在將分發標單，有興趣且夠資格的廠家請填寫標單後投入票櫃。」

錯愕且不斷的叫罵聲再次掩蓋了台上的後續說明與台下的諸多詢問。阿倫不斷斜眼過去瞄黃毛手中的那張標單，很想看看黃毛到底會出多少金額。黃毛填上了標單上的所有資料，就是保留著投標金額欄空白。大約已有十一或十二張標單投入票櫃時，阿倫注意到黃毛一直在觀察湧興與陳老闆與海龍打撈二少爺的意向。陳老闆把標單收入他的〇〇七皮箱，海龍二少爺則是把標單對摺再對摺，收入上衣口袋。看來國內唯二的兩家海下工程公司並沒有投標意願。

「請問長官，這個標案有保險辦法的說明嗎？」

沒有投標意願的陳老闆，這時候居然提出這個潛水界最棘手、也是最忌諱的問題。

平頭官員斜眼偷瞄了一下台上的兩位長官，而兩位長官正好在此時也做出眼睛看天花板、雙手交叉抱於胸前的「我與此事無關」的姿勢。

平頭官員很機警、識相的把頭低下，一邊假裝沉思，一邊雙手忙碌的整理手邊資料，似乎在等場邊的喧雜聲把這個棘手的保險問題給掩蓋過去。

「請問長官，本公司曾於今年初向貴公司、國營事業處、經濟部、行政院勞工安全委員會，提出建立職業潛水員保險制度的議案，不知道貴單位有沒有收到上級單位的指示如何辦理潛水保險？」

長年和公家單位交手的經驗，讓陳老闆再次抓緊議題。黃毛這時也很機警的轉身面向大家，示意大家安靜下來。

氣氛頓時僵住，大家也很有默契的跟隨陳老闆與黃毛，把目光全都投向平頭官員。

「本公司一向非常重視諸位潛水專家的作業安全，也一向遵照國家制度來依法行政。陳老闆所提的議案，相信本公司在接獲上級指示之後，一定會配合辦理，為諸位爭取最大之福利與安全保障。」

冠冕堂皇的一段話，連原住民都聽得出來，放出來的屁都比這段話香。

黃毛在大家要開始怒罵之前，迅速的將左手食指貼在嘴上，示意大家保持安靜，讓陳老闆有機會代表大家向官員們回話：

「謝謝長官的說明。」

出乎所有人意料的簡單幾個字，似乎在給平頭官員下台階的機會。這正是陳老闆會受到黃毛敬重的原因，處事圓融、面面俱到、從不給人難堪。

在去年長達六個月的「職業潛水訓練班」的訓練日子裡，除了與訓練班學員朝夕相處的拖鞋教授之外，時常來給訓練班慰勞與加油打氣的陳老闆，是黃毛最尊敬的人物，黃毛也一直以陳老闆為學習與模仿的對象。最為黃毛津津樂道的，莫過於陳老闆曾經向黃毛說過的上海名人杜月笙的一段軼事。陳老闆說：

「叱吒風雲的上海大亨杜月笙，一生最感慨的是：人生有三碗麵很難吃，第一碗是錢面，第二碗是場面，第三碗是情面，其中又以情面最難吃。」

簡單的「謝謝長官的說明」，正是陳老闆在台灣潛水界翻滾多年，顧及多方人物立場的情面，又不與錢面過不去，而不得不說的「場面話」。

找到下台階機會的平頭官員，迅速回到開標作業程序。

「還沒有將標單投入票櫃的老闆們，請把握時間，我們將按照既定時程，十分鐘後進行開標作業。」

黃毛終於謹慎的填入金額，並將金額欄故意打開一下讓阿倫瞄了一眼。投標金額欄填入大寫數字「叁拾玖萬元整」。

在黃毛把標單投入票櫃時，現場起了一些零星的掌聲，也聽到原住民國語：

「班長——加油的啦——」

阿倫再次意會到，黃毛事實上是這批一同經歷過生死患難的潛水訓練班同學的領導人物。

台上又多來了兩位官員，總共五位官員煞有其事的開票、監票、計票，最後又來個簽名蓋章的官樣手續，終於由那位會講英文的矮胖長官將一張紙交給平頭官員宣布開標結果：

「獲得第一順位的是林德森，標價十二萬元；第二順位是莊富貴，標價三十八萬元；第三順位是黃松勇，標價三十九萬元。」

第一順位林德森的十二萬元，顯然比第二順位莊富貴的三十八萬元、第三順位黃松勇三十九萬元，要低出許多。

黃松勇是黃毛的本名，綽號黃毛不是因為他姓黃，而是他滿頭的黃頭髮。不是老外的金黃色，是跟稻草一樣的枯黃色，據說摸起來也很像稻草。黃松勇是連他自己都不太熟悉的名字，阿倫以前就注意到，每次黃毛要寫他的本名時，都要把身分證拿出來確認一下。

莊富貴是阿貴的本名，黃毛走過去和開價相差一萬元的阿貴握手，彼此目光短暫接觸，但沒有說話，有點英雄所見略同、英雄惜英雄的味道。這時候，獲得此技術服務標案第一順位的阿森（林德森）主動走過來，似乎想要向黃毛示好，黃毛還沒等到阿森開口，就已按捺不住的爆出一句：

「阿森！不要這樣玩法，命會被你玩掉！」

現場的潛水界人士也似乎很有默契的在等著黃毛出面來指責阿森，大家早就自動站出隊形，把阿森和黃毛圍在中間。阿森個子幾乎比黃毛要高出一個頭，他故意站個三七步姿勢，好讓目光可以平視黃毛。兩張臉已經接近到似乎都在呼吸對方吐出來的二氧化碳這麼近的距離，阿森卻故意提高分貝，讓大家都能聽見他與黃毛的對話：

「這件案子我估計需要三位潛水員，我和我弟弟阿文想邀你一起來做。」

阿森這突如其來的一句話，黃毛頭頂上的每一根黃毛頓時全都豎立起來，額頭上的汗水不再滴下來，反而被黃毛吸收，不斷從頭頂蒸發出去。氣得頭頂冒黃煙的黃毛，許久都無法答出話來。

場外似乎起了一點點騷動。

「拖鞋教授來了！」

陳老闆一邊說著，一邊拎起他的〇〇七公事包，往場外大步邁出。黃毛也眼睛一亮，隨口說出：

「哇！拖鞋也來了！」

大夥兒幾乎同時往場外移動，場外出現一位上身穿黑色圓領衫、下半身穿牛仔褲、腳踩日式藍白拖鞋的人物，正和大家熱絡的打招呼。開標現場只剩下阿森、阿文兩兄弟和官員們在處理最後的得標合約手續。

2
大海是凶手

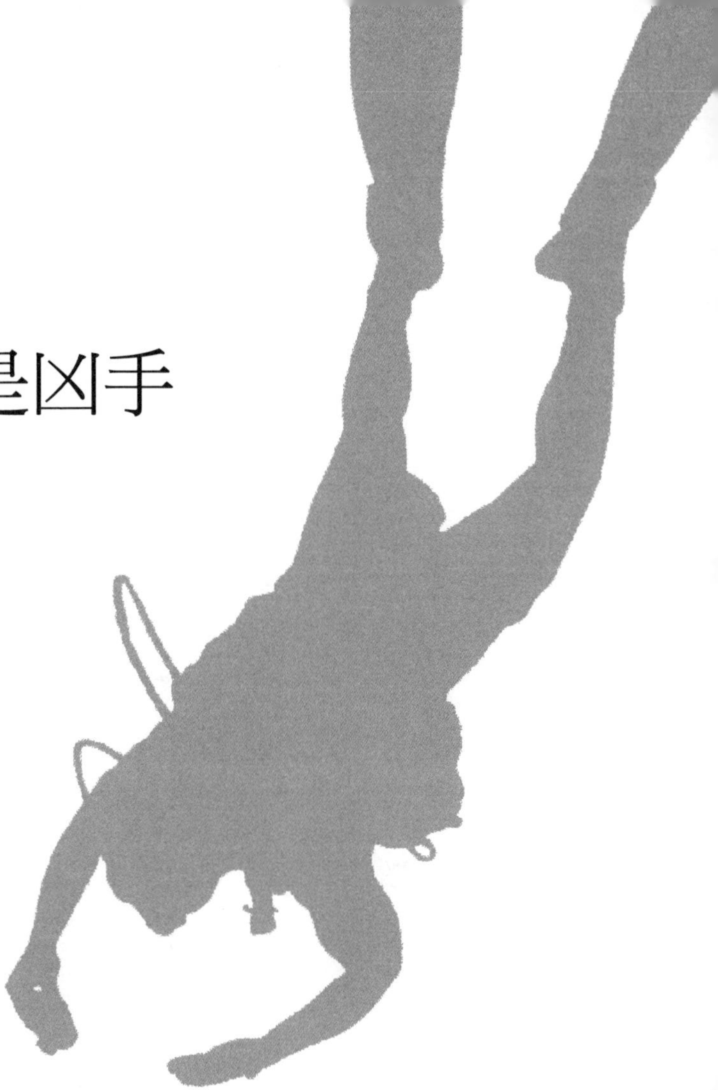

當天晚上，當黃毛帶著阿倫抵達阿貴開的餐廳「阿貴海產」時，不但黑皮、健福、阿森、阿文、強納森、原住民、士官長、阿貴都已在場，連陳老闆與拖鞋教授也已經和大家圍成一桌。原住民似乎喝得差不多了，看見黃毛的到來，馬上起立搞笑的說：

「全體潛水員向得標廠商第三順位、三十九萬元的黃毛班長敬禮！」

黃毛沒有理會原住民的搞笑，目光投向阿森。阿森很有禮貌的起立，讓出他身旁的兩個位子，招呼黃毛和阿倫坐在他旁邊。黃毛坐定後，顧不得先和大家敬酒招呼的慣例，劈頭就問：

「阿森，三位潛水員除了你和你弟弟阿文之外，第三位是誰？決定好了嗎？」

「我們剛才都已經幫你決定好了啦——，第三位就是班長你的啦——！」

不等阿森回答，三杯黃湯下肚的原住民的腸子和嘴巴成了最短距離的一直線。剛才大夥兒討論半天的不能說的祕密，一下子就變成公開的結論。

「健福，你可以去幫阿森的忙嗎？」

黃毛還是沒有理會原住民冒失鬼似的答話，轉向健福詢問。

健福是所有同期同學當中，公認潛水技術最好、最古道熱腸、最願意為朋友兩肋插刀的一位。

「我剛才已經答應陳老闆，要去他新加坡的潛水公司見習氦氧混合氣潛水，從baby diver開始做起。明天就出發，恐怕無法參加阿森的潛水團隊。」

健福一邊秀出陳老闆剛給他的資料「氦氧混合氣潛水手冊」，一邊頻頻向黃毛、陳老闆、阿森三人來回點頭表示歉意。

「那——黑皮，你可以嗎？」

五短身材、皮膚黝黑、表皮底下幾乎沒有脂肪層、全身沒有一塊贅肉，比健美先生的體格還要健美的黑皮，成了黃毛第二個詢問的對象。

「基隆港碼頭基樁防蝕極板的水下電焊工作正在趕工，我恐怕一個月內都無法離開基隆。」

扣除健福和黑皮兩人，現場還有強納森、原住民、士官長、阿貴四位同學，大家你看我、我看你、看來看去，最後很有默契的一起看士官長。

「我會暈船，十月份的台灣海峽風浪不是開玩笑的，我會吐著出去躺著回來，哪還有力氣潛水啊！」

心虛的士官長，慌張的掰出一個還算正當的推辭。

「所以我說的啦！強納森這個死老外沒有 500 thousand dollars 不會去，阿貴要幫阿貴嫂照顧阿貴海產店也不能去，我原住民要回山上打山豬，也不可以去的啦！第三位潛水員就是你黃毛班長的啦！」

原住民一口氣把剩下的三人都打死，回到他一開始就胡亂下的結論，讓黃毛繞了好大一圈又回到原點。

「老師，喔！對不起！拖鞋，你有解決辦法嗎？」

雖然已經離開職業潛水訓練班那段訓練的日子一年多了，黃毛還是無法很自然的改口叫「拖鞋老師」的綽號「拖鞋」，一緊張就又「老師、老師」的叫起來了。

「黃毛，其實原住民的話不無道理。阿森、阿文兩兄弟，一時之間是找不到其他合適的幫手了。

國內其他老資格潛水前輩們的能力參差不齊，不容易建立起團隊默契，你們這一期的同學，尚留在國內的，今天晚上幾乎都已到齊了……」

拖鞋似乎是故意只把話講了一半，想讓阿森自己說出下半段，

「班長，」叫慣黃毛「黃毛」的阿森，此時卻改稱黃毛「班長」。「我們大家剛才和拖鞋討論過了，取出井底鑽頭的這個作業，只能有一位潛水員下到井底去做，另一位潛水員只能停留在海底的井口作支援，第三位潛水員則只需要待在船上 stand by 就可以了。我會是承擔下到井底的 main diver，我弟弟阿文會在井口做支援我的 supporting diver，班長你只要在船上做 stand-by diver 就可以了。」

這段話似乎說得讓黃毛又不太高興，因為他的黃毛又開始慢慢的一根接著一根站立起來……

「阿森，你知道現場水流有幾節？水中能見度多少？井內地質是否穩定？你做過調查了嗎？」

「喔，這個好像剛才拖鞋有跟大家分析過一遍，我沒有太注意聽……」

「老師，可以麻煩你再分析一次給我聽嗎？」

「黃毛，不要再叫我老師了，叫我拖鞋。你看，我剛才利用阿貴的白板畫了一張簡圖……」

黃毛抬頭看阿貴原本用來寫菜單與價目表的白板，上面畫了一些類似台灣、台灣海峽、鑽油平台一類的圖案。

「鑽油平台位在新竹外海，離南寮漁港大約有十五海浬，已經非常接近台灣海峽中線。當地海流很強，平均約保持在三到四節，已經超過安全從事水肺潛水的極限。」

「所以這次的任務必須採用水面供氣式潛水，不可以用水肺潛水的方式囉？」

還沒等拖鞋繼續說下去，黃毛顯然已經有些焦慮，自己也意會到中斷了拖鞋的說明很不禮貌，馬上又補了一句：

「對不起，老師，請你繼續說下去。」

還是叫了老師，沒有叫拖鞋。

「採用水面供氣潛水方式來作業，是比背負氣瓶的水肺潛水方式安全許多，但也有水流太強的其他複雜問題要考量。最好是找到一個沒有水流的時間點，才來下水作業比較安全理想。」

「有這樣的時間點嗎？如何找到這個時間點？」

這次換阿森沉不注氣，打斷了拖鞋的說明。

「台灣海峽的水流大都是因為潮汐變化所造成，所以只要事先從潮汐表上查出當日的最高潮點，我估計大約會有三十分鐘左右的時間，海面是幾乎沒有海流的狀態。」

「咦？不是最高潮時水流最大！平潮時水流才最小嗎？」

聽得聚精會神的士官長，疑惑的提出他的經驗看法。幾乎就在士官長講完的同時，大夥兒異口同聲的吼出：

「高潮時水流最小！平潮時水流最大！」

連忙著來回端菜的阿貴，都沒好氣的補上兩句來數落士官長：

「厚！拖鞋上課時講過一百多遍了，你有沒有上課呀！」

倒是拖鞋很有耐心的隨手在白板上畫出一 XY 垂直座標，然後在 X 軸上畫出一正弦曲線：

「X軸上的這條曲線代表每日的潮位變化，每日有一最高潮點與一最低潮點，高低潮位之間大約相隔十二小時，中間與平均海平面一致的時間點稱之為平潮點。平潮點因為水位變化最快，因此水流也最大；最高潮與最低潮點因為水位變化速度最慢，因此水流也最小。」

「水中能見度呢？」

黃毛會提出水中能見度的問題，顯然他已經在思索揣擬解決的方法，也就是心裡已經有了參加阿森團隊的意願。

「台灣海峽的海底大都覆蓋著細砂或底泥，水中能見度除了會受水流的影響外，最主要還是要看當時海面上的海浪狀況。海浪的浪高越高、周期越長，越會翻動海底的細砂，造成水質的混濁，能見度就會變差。我估計若湧浪周期超過八秒、波高超過兩米，湧浪的作用力就會直接影響到海底，把海底細沙翻動懸浮在海水中，海底的能見度就會降低到一二米左右。」

「那井內的能見度呢？」

「井內的能見度是零，就算再加上最亮的水中照明設備，能見度也無法超出五十公分，也就是大約伸出手臂的長度就看不到自己的手指頭。井底鑽頭的位置必須靠雙手去摸索，不過井內最大的困擾不在於能見度，而是密度。密度可能會是很棘手的問題。」

「拖鞋，你說過淡水密度是一點零，海水密度是一點零三，人體的平均密度大約是一點零二六，而且潛水員還可以利用增加配重鉛塊或浮力背心來調整密度。井內的密度會和海水不一樣嗎？潛水員無法調整和井內海水密度一樣的中性浮力嗎？」

「井內可能不會是單純的海水，而是充滿底泥懸浮物的泥水，越往井底深處的懸浮底泥濃度就越高。海水密度是一點零三沒錯，但沙子的密度大約是二點五，是海水的二點五倍。我們可以想像泥水的密度會隨著懸浮濃度而增加，變成密度一點五，甚至二點零都是有可能的。」

「二點零就二點零嘛！頂多再多綁一些配重鉛塊在身上不就得了！」

士官長這時候又神氣活現的插話。

「豬頭啦你！你這豬頭現在把皮都扒光，也還有一百公斤的豬油。要把你變成密度二點零，至少還要綁一百公斤的鉛塊在你身上，你連動都不能動了，還潛水呢！我恐怕呀……到時候，你腫得連那直徑一點二米的井都鑽不進去囉！」

接著大家一陣起鬨喧鬧，連被罵豬頭的士官長都毫不做作的開懷大笑，身上的肥油也隨著他的笑聲不停抖動。只有黃毛一人保持沉默，等大家笑鬧得差不多後，黃毛終於抬起頭來看著阿森說：

「好吧，我陪你去。但是！我的條件是，讓我做你的 supporting diver，讓阿文在船上做 stand-by diver。」

阿森將他面前的酒杯斟滿，端起酒杯起身說：

「那——我敬班長一杯！」

黃毛同時端杯起身，其他人也很有默契的一一端杯起身，士官長大吼一聲：

「乾了！」

這件事情就這樣拍板定案了。

□

今年的東北季風來得特別早，十月份的台灣海峽風浪隨著季風的吹襲，一波一波湧向新竹沿海，大小漁船都回到南寮漁港內避風。阿森、阿文與黃毛三人已經是連續第五天來到碼頭邊，望著港池內被海浪推打得東晃西倒的漁船而愁眉不展。

「船老大，今天可以出去嗎？」

阿森不死心的再問一次船長，希望能有奇蹟式的答案出現。

「麥賽啦！就算我要載你出去，帶帽子的（海防部隊）也不會讓我出港的啦！」

船老大也是一臉無奈，他已經兩個禮拜無法出海捕魚。本來寄望阿森他們的潛水作業，租用他的船隻，一天可以有五千元的租船費，正好可以貼補沒有捕魚的損失。但東北季風颳得陸地上風砂滾滾、海面上白浪嶙峋，心急如焚的不僅是船老大，阿森、阿文和黃毛三人已經在新竹 stand by 空轉了一個禮拜，三人的食宿費用讓這個本來就是壓低價格搶標得來的潛水工作，更加顯得沒有什麼利潤可圖。阿森正在進退維谷，思索著一行人是否該先解散回基隆，還是繼續留在新竹，等待老天突然停止刮風的可能。

這時候，湧興陳老闆打電話來：

「阿森！我的潛水工作船『國興一號』，今晚要從基隆出發，運補一批設備到新竹的鑽油平台上，剛好就是你要去的潛水作業現場。我看你不用在新竹等漁船了，直接回來基隆，坐國興一號出發好了。」

國興一號是一艘五百噸級的潛水作業船，船上配備有陳老闆從新加坡引進的混合氣潛水和飽和氣潛水所需的各項裝備，包含潛水鐘、傳輸艙、減壓艙等，還配備一艘可潛深達五百公尺的水下遙控機械車。

陳老闆的這通電話對阿森來說，比中了樂透頭彩還要喜出望外。迅速收拾好所有裝備，再跟新竹的船老大致歉，阿森他們三人趕回到基隆，再到阿貴海產簡單用了午餐，和阿貴寒暄兩句，又兼程來到基隆西十三號碼頭，國興一號的靠港泊地，居然看見健福從國興一號上走下來迎接他們。

「黃毛、阿森、阿文，很巧呀！國興一號就是陳老闆要我學會混合氣潛水的母船，我大概接下來半年內都會待在這艘船上見習。她今晚就離港，預計明天清晨抵達新竹外海的鑽井平台，給平台上的人員補給一些日用品和一些儀器設備，所以就順便運送你們到鑽井平台上。可惜我不能陪你們一起潛水，國興一號把你們丟在鑽井平台後，就繼續開往新加坡，我必須隨船去新加坡。」

「陳老闆有在國興一號上嗎？我們應該去跟他致謝！」

黃毛到底是比阿森老練周到許多，聽完健福的說明，馬上體會出陳老闆對大家的關心。

「陳老闆已經先搭機飛往新加坡了。不過他要我轉交這個水中照明燈給你們，陳老闆說，也許阿森在井底時可以用這個來搜索鑽頭的位置。」

這次連阿森都感受到陳老闆的貼心，仔細的把這水中照明燈收起來，嘴裡喃喃說了一聲謝謝。

□

國與一號抵達新竹鑽油平台的海域時，剛好是天空呈現魚肚白的黎明時刻。鑽油平台聳立在台灣海峽海面上，從黝黑的顏色逐漸被自海水反射上來的太陽光線薰染而轉成血紅色。

阿森、阿文、黃毛和健福四人站在國與一號的甲板上，看著前方的鑽油平台出現兩道水花劃破血紅色的海水，水花正朝著國與一號前來。健福一面轉向後方，以手勢向正在國與一號駕駛台上值班的船副示意：

（兩艘快艇快速向本船接近中。）

一面向阿森說：

「國與一號噸位太大，無法直接停靠鑽油平台，所以平台出動兩艘橡皮快艇，一艘是來接收國與一號運來的補給品，一艘是來接你們三位上平台。我不能陪你們上去，祝你們好運了。」

在阿森、阿文忙碌的整理裝備上橡皮艇的同時，黃毛沒有忘記跟健福話別，也再次提醒健福一定要轉達他對陳老闆的感謝。

鑽油平台上的甲板空間，似乎比照片所見的大出許多，幾乎有一座籃球場的面積。平台在面對台灣方向的左邊角落處用白漆漆成一個像英文字母「H」，又像是中文字「工」的圖樣，黃毛認出那是直升機的起降用基台。平台正中央有一用鐵構造物組成的梯形高塔，高塔頂端看起來像是超大型汽車汽缸引擎的機械裝置，應該就是鑽井的原動力機件，而下方直接穿過平台中間中空處的一些複雜管路機件，應該就是一直鑽到海床底下，所謂「油井」的管線了。

阿森手指著那位置說：

「我們要找的那該死的鑽頭，就在那下方六十米的海底。」

黃毛把一支他喝了一半的礦泉水寶特瓶隨手一拋，寶特瓶於海面上半浮半沉。黃毛用一隻眼睛注視著那寶特瓶，用另一隻眼睛注視著他手腕上的潛水錶，口中還一、二、三、四……唸唸有詞的大約十秒鐘，然後說：

「水流速度四節，水流方向西南方，潮汐表上記載現在正是水流最強的平潮期，跟拖鞋那天晚上所說的一致！

「阿森，根據拖鞋的說法，四個小時之後，也就是今天上午的十點三十分左右是最低潮，正是水流最小的時候。我們可以在那時候先下一次水，看看海底狀況，再上來做詳細的潛水計畫，如何？」

「黃毛，如果 **1030am** 才下去勘察一次，那麼再下一趟真正的取鑽頭作業，就必須等到下一個水流較小的時機，也就是再隔七小時的最高潮期。那時候是 **0530pm**，幾乎快要天黑了，無法作業，必須再等到明天。這樣拖太久了！我認為我們現在就下去勘察狀況，然後搶 **1030am** 的最佳時機下去取鑽頭。」

阿森一邊和黃毛討論，一邊其實已經在指導阿文把他的潛水裝備組裝起來。看來黃毛若堅持 **1030am** 才要下去的話，阿森肯定會自己一個人先下去。黃毛無奈的嘆了一口氣，也迅速的把自己的潛水裝備組裝起來。

鑽井平台的甲板大約高出海平面十公尺，阿森背著水肺潛水裝備，將潛水面鏡繞在脖子上，左手拿著蛙鞋、腰際掛著陳老闆給他的水中照明燈，右手抓著平台往海面處的鐵梯橫條，左右腳迅速交替的往下方海面處移動。鐵梯一次只能容許一個人進出，所以黃毛站在平台上看著阿森往下移動，心想阿森會在海面處等他一起下水。

阿森在離海面大約五公尺的高度時，縱身一躍，直接跳入海裡，且迅速向海底沉下。黃毛已來不及阻止，嘆了一口氣，迅速抓起他的潛水裝備，直接從十公尺高的平台跳下去。

四節的海流，相當於每秒鐘兩公尺的速度，幾乎等於奧林匹克五十公尺自由式的世界紀錄。黃毛知道他若不趕快跟著下去，在海面處，潛水人員會跟在陸地上放風箏一樣被吹離現場很遠，根本沒有辦法在混濁的海水中找到阿森。

在水中，黃毛首先把潛水面鏡戴上，以便尋找阿森的蹤影，然後把氣瓶背上，呼吸嘴咬住，吸了兩口氣，再把蛙鞋套上，躬身踢腿改成頭下腳上的姿勢。隱隱約約看見油井的井管在他的右側，沿著井管往下方約十米處，有一人影正採用和他一樣的姿勢往下移動。多年的潛水經驗練就黃毛已經不用再以那套「捏鼻、閉口、吐氣」的減壓手續，就可以跟石頭一樣的往下沉。不一會兒工夫，黃毛就來到阿森身邊，向阿森做出「Are you ok?」的手勢。阿森回給黃毛「OK!」手勢，再把左手大拇指往下指，做出「Let us go down.」的手勢。

黃毛和阿森同時下潛到海底的井口位置。黃毛保持高跪的姿勢，阿森則是整個人趴在井邊，胸部以上的上半身探入井內觀望。阿森突然反手往井邊一推，順勢踢動兩腳蛙鞋，意圖潛入井內。黃毛左手迅速捉住阿森背後的氣瓶背帶，將阿森整個人提拉上來，右手伸到阿森面鏡前面，做出大拇指朝上的「Let us go up.」的手勢。阿森左手伸到黃毛面鏡前面，做出大拇指朝下的「Let me go down, you stay here.」的手勢，黃毛左手仍然抓著阿森的背帶不放，右手改指阿森腰際的配重帶，提醒他目前的配重量不夠，無法下潛入井底。阿森右手抓住井中的管壁，利用向下的反作用力掙脫黃毛，黃毛無奈的只好同樣抓住管壁，向井內移動。

井內四周的黃泥紛紛滑落下來，黃毛和阿森在井內不斷揮動手腳企圖沉下的動作，把滑落下來的黃土撥散開來。不一會兒工夫，井內滿是黃土，不但呈現完全的能見度為零，黃毛從呼吸嘴吸入的高壓空氣也充滿黃土味，這幾乎要窒息的感覺迫使黃毛兩手鬆開抓住的管壁，讓身體因為浮力迅速浮出井外，來到井邊海底的位置，重新調整一下呼吸。黃毛將左手伸入井內摸索，很幸運的一下子就摸到阿森的氣瓶瓶頭，再一次把阿森提拉上來，右手又放在阿森的面鏡前，大拇指用力朝上比了兩三下，比出「Let us go up now.」的手勢。這次阿森總算服氣的比出「OK」的手勢。兩人沿著管線向上升，終於又回到海面，兩人同時向站在平台甲板、一直都在盯著海面看的阿文做出「We are ok.」的手勢。

0930am 黃毛又從平台甲板丟下一個寶特瓶來測量水流速度，還是很強勁的四節；0945am 又丟下一個，還是四節；1000am 只降低了一點點，三點五節。黃毛開始有些擔心，是否真會如拖鞋所說的「1030am 水流速度會變小」？1015am 又丟一個瓶子下去測量，速度一下子變成零點五節，黃毛興奮的叫了一聲「阿森！」，並隨即面向阿森比出「0.5 knot, time to go.」的手勢。

阿森一面忙著穿戴他的潛水裝備，一面再次叮嚀阿文：

「阿文，這條繩子就是所謂的耶穌繩，它全長一百米，一端你握在手上，另一端我綁在腰上。我在水中做訊號給你，拉一下是下潛，你就一米一米的把繩子鬆出；拉兩下是上升，你就一米一米的往上拉。若你感覺到繩子是被快速的連續拉三下以上，就是緊急上升的訊號，你就快速的把繩子全都拉上來。」

交代完阿文，阿森起身朝黃毛的方向走來。他身上背著雙筒氣瓶的潛水裝備，大約已經多了二十公斤在身上，還多配帶三條配重帶，每條都大約是十公斤重，手上還拿著陳老闆給他的水中照明器，也有大約十公斤重。算一算阿森至少背負了六十公斤在身上，笨重的身軀隨著平台左右晃動前進，來到黃毛身旁，露出微笑說：

「烏龜要下海了！」

隨即往後一倒，龜殼朝下，龜頭和四隻龜腳捲曲朝上，從平台跌落下去。阿文機警的快速鬆出手中的耶穌繩，耶穌繩在空中畫出一條完美的弧線，連接阿森和阿文這對雙胞胎兄弟。

黃毛早料到阿森因為身上的負重，無法爬鐵梯，一定會採取自由落體的方式入水，因此早有準備。黃毛向前跨出一步，頭上腳下、身體保持垂直，如同跳水選手般從十公尺高的跳台插入海面，幾乎不濺起任何水花的就沉入海底。

□

黃毛和阿森又來到海底井口的位置。黃毛還是採取高跪姿勢待在井口，阿森仍然整個人趴在井邊，兩人同時向對方做出「OK」訊號之後，阿森再次反手將身體推入井內。這次由於身上有足夠的配重，阿森很快就沒入井口不見身影，黃毛可以從手中耶穌繩的滑出，知道阿森正持續往井底下潛。

黃毛手中握住標示著「5.0」刻度的耶穌繩，顯示阿森已下潛到井內五米的位置。耶穌繩從黃毛手中滑出的速度明顯變慢，井底鑽頭的深度是十米，這意味著阿森必須再下潛五米才能摸索得到鑽頭。黃毛猜想阿森下潛速度變慢的原因，應該就是拖鞋說的井內泥水密度變大，阿森已達中性浮力的狀態。接下來必須靠阿森奮力將泥水向上撥，才有辦法再下潛五米。

大約五分鐘過去了，耶穌繩停留在「8.0」的刻度。阿森距井底還有兩公尺，黃毛拉動耶穌繩兩下：

（阿森，are you there? You want to come up?）

黃毛感覺出耶穌繩被拉動了一下，是阿森傳回來的訊號：

（黃毛，I am here. I want to go down.）

大約又過了五分鐘，耶穌繩停留在「9.0」的刻度。阿森距井底還有一公尺，黃毛拉動耶穌繩兩下：

（阿森，are you there? You want to come up?）

黃毛感覺出耶穌繩被拉動了一下，是阿森傳回來的訊號：

（黃毛，I am here. I want to go down.）

大約又過了十分鐘，耶穌繩還是停留在「9.0」的刻度。阿森距井底仍然還有一公尺，黃毛拉動耶穌繩兩下：

（阿森，are you there? You want to come up?）

耶穌繩是拉緊的狀態，但阿森沒有回傳訊號。

黃毛開始有點不安，再次嘗試拉動耶穌繩。這一次，耶穌繩是呈現鬆弛的狀態，是阿森已不在耶穌繩的那一端？是耶穌繩在拉扯的過程中被井壁的尖銳岩石割斷？是阿森自己把耶穌繩解下？是阿森正在用耶穌繩來綁那該死的鑽頭？

黃毛看了一下他的潛水殘壓表，刻度上指著「100psi」。在海下四十公尺的深度，這空氣量大約只足夠維持他再呼吸十分鐘。

潛水夥伴制度，兩人一組，除非是要上來求援，在任何情況之下都不可以拋棄夥伴獨自上升。

黃毛頭下腳上，開始奮力的兩手伸直划水、兩腳伸直踢水，往井底下潛。黃毛身上的重量不夠，只要他稍微放慢划水與踢水速度，整個人就又被泥水的浮力給推出井口。黃毛連續使勁了三次，因為用力過度，呼吸量快速增加，殘壓表上的刻度已經是指在「0psi」的位置上。

黃毛起身改頭上腳下的姿勢，右手握拳高舉指向海面，靠著最後的一口氣，兩腳踢水向上，終於逐漸看見海面上閃爍的陽光，浮出水面。

阿文協助黃毛回到甲板上急忙問：

「阿森呢？」

黃毛眼睛環視一下四周，手指向放置在角落處的鐵錨，說：

「阿文，把那鐵錨拖過來給我！」

阿文快步衝向那鐵錨，兩手用力抬起錨的頂端，錨的底部在阿文拖行時與甲板摩擦，發出嘎嘎聲響，且不斷迸出火花。這個舉動引來甲板上其他人的注意，有位工作人員立即主動跑過來協助阿文拖行那鐵錨。

當鐵錨拖到黃毛面前時，黃毛已經迅速換好新的空氣瓶。他看了一下那鐵錨，鐵錨上隱約可以看出生鏽的刻字，寫著「120kg」。

黃毛說：「給我！」

阿文和那工作人員再次合力將鐵錨拖到黃毛腳邊，阿文再問：

「阿森呢？」

黃毛說：

「我去拉他上來，你 stand by 在耶穌繩的地方！等我的訊號！」

黃毛兩腿一彎，雙手合抱住那鐵錨，用嘴呼出一大口氣，再用力一吼：

「起！」

靠著腰與兩腿蹬地起身的力量，硬是把那鐵錨舉離甲板，抱著鐵錨向前走了兩步，來到甲板盡頭，再向前方一倒，整個人被鐵錨的重力拔離甲板，隨著鐵錨直線落入海面。

黃毛抱著鐵錨又來到井口。原先綁在阿森腰際的耶穌繩正好浮在井口，黃毛用耶穌繩綁住鐵錨，再用力把鐵錨推入井內。鐵錨滑落的速度太快，黃毛擔心鐵錨會直接砸到井底的阿森，於是將手中握住的耶穌繩在右手臂上纏繞兩圈，再用左右手掌握住耶穌繩。耶穌繩在兩手掌內高速摩擦，幾乎磨破黃毛的潛水手套。等鐵錨靜止，耶穌繩不再從手中滑出時，上面的刻度指示著：「10.0」。

正是井底的深度。

黃毛藉著拉耶穌繩的反作用力，往井底的方向前進。完全漆黑的井底出現一些微弱的黃光，這光線讓黃毛可以看見手中所握的耶穌繩顯示著：

「1.0」

黃毛離井底只剩下一米，那黃色的光源顯然是阿森攜帶的水中照明器，仍持續發出亮光。

黃毛瞪大眼睛環視四周，兩手緊握住耶穌繩，但撐開雙腳上下舞動，希望能看見阿森的影子，或是能碰觸到任何可疑的物體。

黃毛的眼睛逐漸適應井內的光線，阿森的身影終於出現在他面前。阿森面鏡後的兩眼保持著半闔閉，嘴裡仍然咬住呼吸嘴，微弱的氣泡間斷的從呼吸嘴的洩氣閥中冒出來。這景象意味著就算阿森是在昏迷狀態，他也還有呼吸，也就是阿森仍有生命跡象。黃毛興奮的將本來握住耶穌繩的一隻手放開來，伸過去觸摸阿森的臉部，希望他能有反應。阿森原本半闔閉的雙眼，這時居然打開來注視著黃毛，嘴角似乎還泛出一股微笑。黃毛觸摸阿森臉部的那隻手，在阿森面前做出「Are you ok?」的手勢。

阿森沒有做出「OK」的手勢回應給黃毛，但嘴角的微笑卻更為明顯。這時候黃毛才注意到，阿森兩手環抱一個圓柱型的物體在他的胸前。

像阿森這種微笑的表情，黃毛在這幾年的潛水經驗裡見過幾次。黃毛馬上判斷出阿森現在應該是處在氮迷醉的狀態。

阿森在井底太久，吸入太多的氮氣，氮氣溶解在他的血液當中，使得他現在產生跟喝醉酒人一樣的症狀：「行動遲鈍，失去判斷能力與危機意識。」

簡單說，就是處在膽大包天、不知死活的階段裡。阿森手中抱住的應該就是那該死的鑽頭，因為鑽頭太重，抱著它，阿森浮不出井底。氮迷醉的症狀使得阿森無法做出正確的判斷，人都已經呈現彌留狀態了，還死抱著那該死的鑽頭不放。

黃毛只能用單手嘗試去扳開阿森抱緊鑽頭的雙手，因為他的另一隻手必須緊抓住耶穌繩，要不然人就會被身體的浮力拉出井底。阿森保持著微笑，但就是不願意鬆開雙手，黃毛放棄扳開阿森雙手的意圖，改採將耶穌繩纏繞綑綁阿森的方法。

黃毛在確定阿森被耶穌繩綁妥之後，拉動耶穌繩三下，希望海面上的阿文能收到這訊號，把大家都拉上海面。

耶穌繩有了反應，向上拉緊一次，但又被放鬆下來。這反應應該是阿文嘗試拉上耶穌繩，但因為太重拉不動，又鬆了手。黃毛想起來耶穌繩最底端還綁著一百二十公斤的錨，難怪阿文會拉不動。黃毛拿出潛水刀，切斷身體下方的耶穌繩。

耶穌繩切斷了，黃毛看見阿森開始漂出井底並往上浮，但自己卻沒有隨著阿森往上，反而是快速的往下墜落。眼看阿森已經漂出黃毛的視線範圍，黃毛卻跌落在鐵錨上面。

原來黃毛在忙亂與黑暗中切錯了耶穌繩的位置。他現在正被耶穌繩纏繞，和鐵錨一起綁在井底。

□

阿文終於把整條耶穌繩拉上來，但赫然發現繩頭處綁的並不是他的雙胞胎哥哥阿森，竟是那該死的鑽井鑽頭。

阿文手中繩子一鬆，鑽頭又迅速從海面沉下去。阿文一手抓著潛水面鏡、一手拿起蛙鞋，從船舷處頭下腳上縱身一躍，隨著那鑽頭沉下之處沒入海面。現場沒有任何人看清楚他的動作，更沒有任何人來得及阻止他的入水。

現在三位潛水夫都已經在水底，船上沒有其他人有潛水的本事，都只能站在船舷邊焦慮、惶恐的注視著海面，等待氣泡再一次出現在海面。

十分鐘過去了，海面上轉成異常的寧靜。十分鐘前還在騷動的海風、海浪、海流都同時停了下來。就在船長開始用無線電和南寮漁港的漁業電台聯繫，並請求支援的時候，海面上出現氣泡。一開始只是很微弱的小氣泡，然後氣泡越來越大、越來越多。此時的海水異常清澈，水面下大約十公尺處終於清楚出現潛水夫的身影。

潛水夫終於浮出水面，是黃毛。黃毛用左手在他的頸部做出「來回切割」的緊急手勢，請求援助：右手環抱著另一位潛水夫阿文。看阿文浮出水面的姿勢，他應該是已經昏迷，沒有知覺了。

3
人證、物證、失事現場與屍體

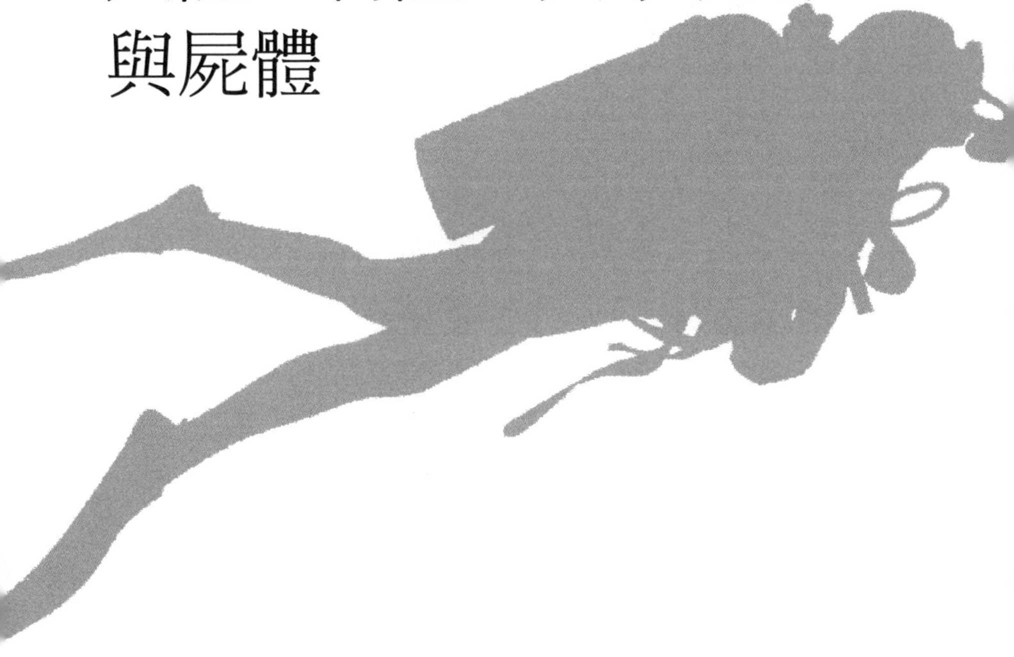

阿文逐漸恢復意識，耳邊彷彿有聽到聲音：

「阿文、阿文、」

阿文睜開眼睛，發現是士官長在叫他。

「阿文，你醒了？」

阿文逐漸恢復意識，

「阿森呢？」

「阿森先回家了。阿文，你感覺還好嗎？身上有什麼不舒服的地方嗎？」

「我很好。阿森回基隆了喔！這是什麼地方？」

「這裡是新竹署立醫院，你已經在這裡躺三天了。」

「三天!?」

這下子，阿文整個人都清醒過來了。

「那阿森呢？黃毛呢？他們在哪裡？」

「阿森和黃毛都先回去了。阿文，你還記得發生什麼事嗎？」

「我記得耶穌繩拉上來後，沒有看見阿森和黃毛。我一急就跳下去找他們。下水以後發生什麼事，我現在都不記得了。」

「黃毛發現你時，你已呈現昏迷狀態，拉你上來後，還對你做CPR做了很久。最後是呼叫了直升機，把你後送到這家醫院。」

「士官長，外面好像有人？」

「是阿森嫂，她一直在等你醒來。」

從房門外走進來一位身形纖瘦、面容有些憔悴的女子。

「阿文呀，是我嫂子啦。你醒了呦！」

「嫂子好，阿森沒有陪你來？」

「沒有啦，他還在鑽油平台上啦。」

「咦！剛才士官長說阿森已經回基隆？」

空氣突然僵住。士官長的圓形臉突然變成方形臉，臉上每一條肌肉都比現場的空氣還要僵硬。阿森嫂嘴角開始顫抖，滿布血絲的雙眼已經潰堤，開始啜泣起來：

「阿文呀，你有沒有看見阿森？告訴我水底下發生了什麼事，好不好？」

阿文滿臉疑惑，轉過去看士官長，希望士官長能說得更清楚一點。沒想到士官長那張方形臉卻在這時候開始扭曲變形，嘴巴一開，還沒說話就先嚎啕大哭起來：

「哇！嗚……嗚……哇！阿森嫂，你不要哭啦！黑皮已經趕到平台，他和黃毛一定會找到阿森的啦！」

士官長還沒哭完，黑皮居然就在這時候出現在房門口。

士官長滿臉的鼻涕與眼淚，霎時全都配合大家的暫時停止呼吸，停頓的掛在那張忽而方形、忽而圓形，現在又逐漸變得四方的川劇變臉上，好久好久才結巴似的說出：

「黑皮！啊你怎麼在這裡？」

黑皮看了一下阿文，再看一下阿森嫂，並沒有回答士官長的問話。士官長用手往臉上一抹，把滿臉的眼淚鼻涕挪到右臉頰，說：

「黑皮！阿森找到了嗎？」

黑皮再一次看一下阿文、再看一下阿森嫂，還是沒有回答士官長的問話。士官長再用手往臉上一抹，把右臉頰上的眼淚鼻涕挪到左臉頰，說：

「黑皮，你舌頭被狗啃了喔！不會說話喔？」

黑皮比了個手勢，示意士官長到外面說話。士官長這次總算會意過來，先對阿文和阿森嫂說：

「對不起！阿森嫂，黑皮這個小孩子不懂事，一點禮貌都沒有，我出去教訓他一下，馬上回來。」

然後隨著黑皮快步走出房門。

黑皮出了門外，用力將士官長的耳朵擰到他的嘴邊，小聲的說：

「你認識王國棟嗎？」

「認識呀！王國棟怎麼了？」

「陳老闆要你現在就搭船老大的船，趕去鑽油平台，去會一下王國棟。」

「我才不要去見那個王八洞咧！」

「不去可以，從今天起，阿森的小孩你負責養大！」

士官長顯然被這句話給恐嚇到了，原本滿臉的眼淚和鼻涕，現在全都被倒吸回眼眶和鼻腔裡，口氣軟了下來，說：

「唉呀！黑皮老哥，現在到底是什麼情況，你就說清楚吧！」

「我剛從鑽油平台搭船老大的船回來。阿森失蹤過了黃金七十二小時，軍方已經放棄搜索。陳老闆打聽到，新竹地檢署的檢察官將於明天搭直升機前往鑽油平台調查此事……」

「而那檢察官就剛好是我那眷村的敗類，王八洞！陳老闆知道我認識他，所以希望我去套一下交情，對嗎？」

「廢話少說！你現在就給我搭船老大的船過去。陳老闆今晚會從新加坡趕到鑽油平台上，他要交待你一些注意事項。」

「那阿文和阿森嫂怎麼辦？」

「阿文和阿森嫂交由我處理。」

「那你剛才說阿森的小孩呢？小孩幾歲？」

「厚，你這老芋仔！拜託你別再婆婆媽媽的好嗎，趕快出發啦！船老大在南寮漁港等你啦！」

士官長臉上的表情顯示他似乎還有一缸子的問題要繼續問下去，黑皮沒好氣的又補上一句：

「等小孩遷到你的戶口下，你就知道幾歲了啦！」

然後黑皮轉頭就走進阿文的房門，把門關上。背後傳來士官長氣急敗壞的聲音：

「小孩遷到我戶口？喂！你以為我是被嚇大的呦？喂！你負責給小孩餵奶！」

醫院走廊只剩下士官長一人，他的嘴還不罷休，對著牆壁說：

「嘿！還要負責換尿布，你跑不掉！」

□

當初就表明百般不願意到台灣海峽吃風吃浪的士官長，隔天最終還是無可奈何的搭上船老大的漁船來到鑽油平台。還沒登上平台的士官長先來個超誇張嘔吐，一直吐到胃裡的存糧都清光，最後連腸子裡的黃色液體都吐出來了，才挺直腰桿和船老大揮手告別，爬上鑽油平台的甲板去尋找黃毛。

甲板上，黃毛仍然身穿潛水衣，但垂著頭癱坐在甲板上，旁邊站著在整理黃毛潛水裝備的阿倫。士官長小聲的問阿倫：

「黃毛還好嗎？」

「還好……不知還能撐多久……」

阿倫的答覆似乎有些模稜兩可，再搭配他又點頭又搖頭的動作，士官長也不知道該如何再關心下去，只好無厘頭似的問阿倫：

「啊你怎麼會在這裡？現在是什麼狀況？現場誰負責？阿森人有找到嗎？」

「是黑皮通知我來的。這幾天海軍的直升機和船艦都一直在海面上搜索，負責的長官說方圓十海浬的海域都找過了，如果阿森有浮起來，不可能找不到。黃毛說阿森還在那油井底下，自己背著氣瓶又下到那黑洞裡面好幾次，都沒有找到。剛才阿兵哥來說，他們已經放棄搜救，要撤退回去了。」

「等黃毛冷靜下來，我會跟他說不要再下去了。如果阿森還在那洞裡面，也早就掛了，找到他也沒用了。」

黃毛這時候抬起頭來，對士官長說：

「你可以陪我再下去一次嗎？就最後一次了。」

「呀！還下去呀，別開玩笑啦！」

「你陪我下去，或者我自己一個人下去，你自個兒決定好！」

黃毛邊說話邊起身，還順手抓下阿倫手邊的潛水裝備，一副我現在就要下去的態勢。阿倫和士官長都同時做出搶回黃毛手中裝備的動作，三個人僵持在那，士官長說：

「好！我士官長今天到處被人家恐嚇。我是被你們嚇大的，可以吧！黃毛，你說出個道理，為什麼要下水？只要你說的有那麼一丁點兒大的道理，我就陪你下去！」

「我確信我有把阿森綁在耶穌繩上，也確信阿文有把耶穌繩拉上去。為什麼阿文拉上去的變成那該死的鑽頭而不是阿森！為什麼？」

「為什麼？」

士官長連問題都聽不太懂，更別說回答問題的答案，只能順著黃毛的話語，反問黃毛為什麼。

「因為，阿森有看見我掉回到那個洞底下；因為，阿森想下來救我；因為，阿森把綑綁他的耶穌繩切斷；因為，阿森再把耶穌繩綁住手中抱住的那該死的鑽頭。所以，阿文拉上來的不是阿森；所以，阿文拉上來的是鑽頭；所以，阿森是為了要救我才死在那洞裡面；所以，我現在要去找他！」

士官長聽得先是頻頻點頭，再是頻頻搖頭，最後是頻頻抓頭。頭上本來就只剩下幾根稀疏灰色毛髮的他，幾乎一下子就抓光變成禿頭。越是心急想答話，越是結巴的擠不出一個字。倒是阿倫在一旁幫他回答說：

「但是，黑皮也分析過給你聽了。當你找到阿森時，他已經是氮迷醉、昏迷的狀況下，不可能去切斷身上的耶穌繩。你在擺脫耶穌繩的纏繞，離開井底一路往上升時，都沒有看見阿森，而那口井直徑只有一點二米，你和阿森兩人不可能在裡面交錯通過的。」

士官長邊聽阿倫的說明邊點頭，並且向阿倫比了一個大拇指朝上的手勢，表示他認為阿倫說得很有道理，然後再轉頭看黃毛是不是會和他一樣，贊同阿倫的說法。黃毛說：

「阿森是在氮迷醉狀態沒錯，但是當他開始往上升時，水壓就會下降，呼吸的壓力也就下降，體內血液含氮量跟著下降，氮迷醉現象自然解除，阿森就清醒過來了，他就會有清楚的判斷力，他就有能力去切斷耶穌繩下來找我。也許就是在我出井口後他才入井內，海底水很混濁，我們有可能擦身而過。」

士官長邊聽黃毛的說明邊搖頭，並且頻頻向黃毛比出兩手在胸前交叉的手勢，表示他認為黃毛說得沒有道理，然後再轉頭看阿倫，希望阿倫還能夠再次反駁黃毛的說法。但這次阿倫只嘆了一口氣，沒有再接話。或許像這樣的對話，黃毛和阿倫在這幾天內已經不知重複過多少次，而每次黃毛到最後還是堅持己見，所以阿倫不想再辯論下去了。

士官長好像突然想起什麼重點似的大聲問：

「耶，那阿文呢？阿文是怎麼找到的？」

黃毛連頭都沒轉過去看士官長，兩手仍然在整理他的潛水裝備，顯然已經不想回答這個問題。阿倫只好把黃毛告訴過他的，再說一次給士官長聽：

「事情就是這麼巧。黃毛在上升時，發現水面下有位潛水夫，他以為那就是阿森。他一直做了兩個小時的CPR，才認出那是阿文，不是阿森。兩小時耶！就算後來阿森有浮上來，也早就漂走了，去哪裡找人呀？」

士官長張大嘴巴，許久沒有辦法把下顎給收回去，心裡想：

「是喔！阿森和阿文這對雙胞胎，平常在陸地上就不太容易分辨出來，穿了潛水衣、泡了海水、又是昏迷狀態，誰曉得哪個是阿森哪個是阿文呀！」

螺旋槳轉動的聲音響起，打斷了他們的對話。東北方向出現一架直升機，機頭正朝向鑽油平台前進，不一會兒就抵達鑽油平台，並持續在上方盤旋，顯然是想降落在平台上。平台上的工作人員匆忙站定位置，協助直升機準確降落在甲板上那標示著「H」的位置。接著，從直升機上走出三人，第一位居然是那位主持開標儀式的平頭官員，第二位出現的也出乎大家的意料，竟然是陳老闆，第三位黃毛和阿倫都不認識，但卻聽到士官長在旁邊用咬牙切齒的聲音說出「王八洞」三個字。

黃毛和阿倫也就明白，此人就是新竹地檢署來的檢察官王國棟。

平頭官員和檢察官王國棟穿著標準公務人員的中山裝，陳老闆穿上西裝，三個人都戴上飛官特有的金邊墨鏡，且都各自拎著自己的〇〇七公事包。鑽油平台上的負責官員和兩三位類似領班的人物上前去迎接他們，雙方人馬接近後保持兩排面對面的行列交談了許久。從黃毛、阿倫和士官長這裡的距離與角度去看雙方人馬，像極了電影裡兩派黑道大哥碰頭，正在談判或正在進行某種江湖上的交易。

大約三十分鐘的時間過去了，鑽油平台上的負責官員終於用手一指，指向黃毛、阿倫和士官長的位置，然後平頭官員、陳老闆和王國棟改成一列縱隊，以王國棟領頭、陳老闆在中間、平頭官員殿後的隊形，朝黃毛三人走來。

「你們誰是黃毛？」

王國棟明明知道他面對著的就是黃毛，卻還是保持官方式的問話。

黃毛稍微抬了一下右手、點了個頭，表明自己是黃毛。

「你跟阿森是什麼關係？」

「潛水夥伴。」

「你們在這裡做什麼？」

「潛水。」

「我知道你們是在這裡潛水。我是在問你潛水的目的是什麼？誰叫你們來的？現場是由誰負責？」

黃毛連續兩次極簡短的回話，使得王國棟失去耐心的提出一連串官方訊問語言。

「我們是來這裡替石油公司做水下打撈作業的。」

「所以是石油公司派你們來的？」

還沒有等黃毛回答「是」，平頭官員急忙搶先回答：

「不是！他們是石油公司的委外承包商，是承包商自己派來的！」

黃毛先是愣了一下，再回復到沒有表情的表情，也沒有答話。

「所以你們是下去做打撈的工作？」

再一次，還沒有等黃毛回答，平頭官員又急忙搶先回答：

「不是！那天是星期日，他們趁假日下去打魚才發生意外！」

黃毛又是愣了一下，再回復到沒有表情的表情，但用眼睛的餘光去看陳老闆。陳老闆此時悄悄將左手放置於胸口，手掌朝下，黃毛知道這手勢意味著：「沉住氣！」

黃毛向陳老闆點了一下頭，這動作幾乎也就等於是向王國棟默認了平頭官員的說辭。

「你的夥伴是怎麼出事的？你有看見嗎？」

「你他媽的！王八洞！雞巴洞！你還認得我嗎!?」

這次連平頭官員都還來不及搶話，士官長就爆出如鐘似雷的一連串三字經。

王國棟摘下墨鏡，朝士官長看了幾眼，終於以不太肯定的口氣說出：

「歐羅肥？你是歐肥？」

「王八洞！歐肥是你叫的喔？你他媽的屁股幾根毛我不知道嗎！你他媽的！讀了兩本書就可以這樣欺負人嗎？」

黃毛雙手用力一推，士官長一百多公斤的身軀硬是被推得向後連續退了兩三步，然後失去重心，重重的跌個大元寶。士官長接著轉身就起，順勢抓起甲板上一把超大號扳手，衝向王國棟。

黃毛在士官長就快要撞到王國棟之前，雙手攔腰抱住，將士官長原地旋轉三百六十度，兩人同時離地再跌落在甲板上。士官長手腳並用，爬出黃毛的掌握，繼續要向前衝。黃毛向前一撲，雙手再次拉住士官長剛要開始奔跑的右腳。士官長再次失去重心摔倒在地，但馬上提起左腳踹開黃毛。黃毛眼看無法掌控住士官長了，急忙在他身後吼出：

「你不記得阿凱的教訓了嗎？」

士官長顯然因為聽到這句話而有所遲疑，明顯的放慢腳步，但還是右手高舉扳手，持續朝王國棟的方向前進。陳老闆這時候走出來，將王國棟擋在他的身後，面對著士官長說：

「你舅啊！你舅了，阿森的小孩就歸你養？」

士官長緩慢的將扳手放下，轉身掩面，發出人世間最淒厲、最難聽的哭聲。

阿倫這時走到士官長身邊，將士官長拉離開陳老闆、平頭官員和王國棟站著的現場，一起走回到黃毛的身旁。黃毛說：

「士官長老哥啊，要你來跟王檢察官套交情，你這算哪門子的套交情法呀？」

本來已經快平靜下來的士官長，一聽到黃毛稱呼那王八洞王檢察官，火氣馬上從肚子裡升到頭頂，又爆發一長串如鐘似雷的怒罵聲配合著三字經：

「不用跟這王雞巴洞套交情，你們也別再恐嚇我！阿森的兒子就歸我養！我呀，回去跟他眷村的老爸講，說他的龜兒子在外面幹了什麼好事！他呀，從小就是我們眷村的敗類，老二還沒長毛就搞大他表妹的肚子，害得人家差點兒去自殺。他老媽啊就是這樣被他給氣死的！全村子的長輩湊錢給他去留學讀書，書沒讀成回來還跩得二五八萬似的。要我去跟這衣冠禽獸打交道，門都沒有。他媽的！王八洞！」

直升機螺旋槳轉動的聲音傳來，王國棟、陳老闆、平頭官員三人，正成一路縱隊準備搭上直升機離開。士官長抓住最後的機會再開罵：

「菩薩有眼！讓直升機摔下來！」

剛才前來迎接直升機降落的鑽油平台負責官員和兩三位領班，再次列隊送行。直升機爬升之後就往台灣的方向飛去，平台上的負責官員一直等到直升機消失在天空後，才快步朝黃毛三人的方向走來，有點緊張的說：

「三位潛水專家，我剛才接獲通知，有飛機在這附近掉下來！」

「哇！菩薩那麼靈喔，直升機真的摔下來了！」

士官長既驚訝又興奮的表情加上出人意表的回話，讓所有人都稍為僵了一下。

「不是直升機，是一架七四七客機，在澎湖外海墜落。三位是目前離現場最近的潛水人員，航空公司表示，只要三位願意現在就前往現場搜救，價錢好談。」

士官長和阿倫同時轉頭去看黃毛，黃毛保持著低頭沉思的姿勢。

官員又繼續說：

「我知道你們剛喪失了一位夥伴。剛才我有聽到直升機的長官們的對話，那位穿西裝的老闆一直在幫你們爭取賠償金；理平頭的那位說，如果沒有牽涉到其他複雜問題的話，石油公司願意付給家屬兩百萬元；另外那位好像是地檢署派來的長官說，他可以用『失蹤並已推定死亡』來結案，這樣就可以加速賠償金的發放，其他法定作業也會比較單純。」

「檢察官有提到死亡原因是什麼嗎？」

「我有聽到好像是說意外落水而溺死。因為穿西裝的老闆說，若寫成因潛水而死亡的話，保險公司就不理賠了。」

黃毛轉身背對大家，凝視著海面，自言自語的說：

「所以，沒有人證、沒有物證、沒有失事現場、沒有屍體，檢察官判定阿森是失足落水而意外死亡，凶手是大海。」

平靜的海面好像慢慢的再次起風、起浪、起了潮水。黃毛轉身面對士官長說：

「士官長，你的看法呢？」

士官長兩肩一聳、兩手一攤，說：

「看你呀！」

黃毛再轉身看著阿倫。阿倫還沒等黃毛問他，就急忙說：

「我都是跟著你走的呀！」

黃毛再次轉身，朝向大海低頭沉思。這動作好像是黃毛正在問大海、正在問阿森。

背後傳來那平台長官的聲音：

「你的夥伴會同意你去的。你去可以救很多人！」

黃毛終於轉身說：

「我們要如何趕到現場？」

「平台這裡有快艇可以送你們去。」

黃毛點頭表示謝謝，然後說：

「士官長、阿倫，我們出發吧！」

4
黑水溝

快艇在海面奔馳了一個多小時，就在前頭隱約出現澎湖群島時，黃毛示意快艇停下來。海面上出現多處油漬，黃毛在快艇靠近一處最大塊的油漬時，將手裡一具簡易浮標投入海面。浮標底部的重錘迅速沉入海底，浮標上方的氣球也迅速充氣漂浮在水面上。黃毛再從浮標處丟下一個礦泉水瓶去估算水流速度。

「士官長、阿倫，這裡就是所謂的黑水溝。按照我剛才的估算，目前水流速度大約是四節，方向是九十度。飛機墜海的時間是 0215pm，也就是九十分鐘前。若我們讓快艇保持十二節的速度、兩百七十度的方位，航行二十分鐘，該處海域應該就是飛機落海的位置。在接下來的快艇航行時段裡，士官長注意左舷海域、阿倫注意右舷海域、我注意船頭的海域，尋找任何可疑的跡象，尤其是生還者，或者是其他可能的飛機殘骸，例如救生筏、救生衣、救生圈、座椅、機殼、旅行箱等等。」

期待能夠奇蹟似的發現生還者的黃毛，隨著快艇航行時間一分一秒過去，除了士官長發現一具飛機機艙座椅、阿倫發現一小段機身外殼之外，並無重大發現。由於沒有發現救生衣或救生圈，飛機極有可能是在瞬間墜毀，沒有任何人有機會完成穿上救生衣這一類的緊急逃生手續。眼看都已經往回走將近三十分鐘了，黃毛只好漸漸的將注意力從注視海面轉而開始準備他的潛水裝備。就在有著極大規模油汙和還持續有黑色氣泡從海底不斷冒出來的一處海域，黃毛示意船老大讓快艇下錨。

從快艇下錨的錨鍊長度來估算，此處海域水深大約是六十米。黃毛讓錨鍊持續滑落了三倍水深的長度，共計一百八十米。

「士官長、阿倫，天快黑了，我們必須爭取時間，在天黑以前下去看一次。士官長請跟著我，由於水流很強，我們必須抓住錨鍊，沿著錨鍊下潛才不會漂走。這裡水深達六十米，已經超出水肺潛水的極限。我們倆一觸底之後，在海底往逆流的方向潛游十公尺，查看一下就立刻回頭。上升時，還是抓住錨鍊緩慢上升，保留些空氣量。我們必須在水面下十公尺處做大約十分鐘的減壓，才可以浮出水面。」

不知道是否受到失去阿森的心理影響，黃毛將這次的潛水作業說明得特別仔細。士官長也一反平常大而化之的態度，很專注的聽取黃毛對他的簡報。

「阿倫，你在快艇上 stand by，要沉住氣，不要輕舉妄動。越是發生緊急狀況，越是需要冷靜處理，懂嗎？」

這段話簡直就是把阿倫當小弟在訓，不過在黃毛眼中，阿倫也真的就是他的小弟。

黃毛首先從快艇上躍入水面，向士官長比出 OK 手勢：

（I am ok. Waiting for you.）

然後黃毛的雙手迅速緊緊拉住錨鍊。士官長躍入水面的動作就沒黃毛那麼順利，比黃毛龐大而圓滾的身軀，使他還來不及向黃毛做出 OK 手勢，就被海流推離錨鍊的位置。黃毛趕緊鬆開右手過去抓住士官長的左手，強勁的黑水溝流水把黃毛和士官長推成人力接龍式的一直線，僅靠黃毛的左手還緊抓住錨鍊。士官長說：

「黃毛，放手！我自己想辦法！」

「不！士官長，你把浮力背心的氣洩掉！」

士官長用右手抓住他身上浮力背心的洩氣管，手臂高舉出水面，右手食指按下洩氣閥，一瞬間水壓就把他浮力背心內的氣體壓出。浮力背心一洩氣，士官長身體體積立刻變小、浮力也變小，士官長的身體變重而逐漸下沉，黑水溝的流水作用在他身上的水流阻力也跟著變小。黃毛與士官長從原先保持與海面水平一直線的姿勢，變成與海面垂直一直線。士官長兩腳用力踢水、右手伸出去抓住錨鍊、穩住身體之後，縮回原本被黃毛緊抓住的左手，向黃毛比出 OK 的手勢：

（I am ok now, thank you.）

再比出一個大拇指朝下的手勢：

（Let’s go down now?）

黃毛也回覆一個大拇指朝下的手勢：

（Let’s go down now.）

兩人保持士官長在下、黃毛在上，沿著錨鍊逐漸往海底潛進。就在潛入大約三十公尺的深度，黃毛注意到錨鍊下方和四周仍有黑色的氣泡與油漬不斷朝海面上升，海水充滿了油汙的刺鼻味。士官長突然用力捏了一下黃毛的左小腿，再順勢指向水中水平高度、一百二十度方位角的方向。黃毛沿著士官長手指的方向，由近而遠的看過去，終於看見一物體在水中半浮沉，但也正迅速被水流推向下游處。黃毛定神再仔細看，確認那是一個人，應該是該架七四七班機內的乘客。黃毛再次感覺到他的小腿又被士官長捏了一下，往下方一看，士官長對他做出右手掌先抵住胸口、再用右手食指指向那屍體的手勢動作：

（I go to get that body.）

黃毛急忙做出手掌掌心朝向士官長的 stop 手勢，再把手掌恢復水平方向且前後水平搖晃的 shaky 手勢，再比成大拇指朝下的 go down 手勢。士官長會意出黃毛的訊息是：

（No, it is too shaky, let's continue to go down.）

士官長只好回應 OK 手勢，和大拇指朝下手勢：

（Ok. Understand. Let's go down.）

士官長一面繼續潛行向下，一面從心底佩服起黃毛。黃毛不愧是冷靜、沉著、經驗老到的潛水者，剛才自己若離開錨鍊，衝出去抓住那屍體，恐怕會隨海流漂向下游，無法再回來抓住錨鍊。就算浮出水面，也早就漂離入水點很遠，快艇上的阿倫根本就看不到他。最後不但沒有撈到那屍體，搞不好自己也變成另一具浮屍。

黃毛查看了一下潛水表中的深度計，指針指著「60m」。

水下六十公尺深度的水壓力相當於六大氣壓，加上水面上的一大氣壓，總共是七大氣壓。這意味著黃毛和士官長現在從水肺氣瓶呼吸的空氣壓力也是七大氣壓，是平常在陸地呼吸空氣的七倍壓力。空氣是由百分之二十的氧氣和百分之八十的氮氣所組成，換算成氧氣與氮氣的分壓力是：

氧氣的分壓力 7atmx20%=1.4atm

氮氣的分壓力 7atmx80%=5.6atm

也就是說，黃毛和士官長目前是在呼吸一點四大氣壓的氧氣、五點六大氣壓的氮氣。黃毛記得拖鞋告訴過他，人體呼吸的氣體，當中的氧氣分壓超過一大氣壓，就有氧中毒的危險。

氧中毒會造成比氮迷醉還要嚴重的後果。氮迷醉現象只要潛水夫上升，回到較淺的海域，症狀就會解除，人體組織機能也不大會有什麼後遺症，且大部分的潛水夫在長期的經驗累積下，大都可以練就克服氮迷醉的困擾。很多潛水夫都深信氮迷醉和喝酒的酒醉是一樣的道理，有些人就是比較不容易喝醉，而喝酒喝不醉的本領是可以訓練的，像黃毛就是那種幾乎不會受到氮迷醉影響的潛水夫。但氧中毒卻是人體無法抗拒的物理現象與生理反應，而且是在不知不覺中發生，最普遍的氧中毒現象有抽筋、昏眩、嘔吐、喪失視力等，遭受氧中毒的潛水員，事後也可能會有肺泡因過度氧氣燃燒而損害肺臟功能的後遺症。

黃毛將他頭上戴的潛水燈指向錨鍊下方，發覺他和士官長離海底只剩下兩三公尺的距離。海床上覆蓋著一片泥狀且極細的細砂，受到士官長踢動蛙腳所擾動的水流影響，細砂開始向上揚起，懸浮在海床上。黃毛必須要做出他和士官長現在是要上升回頭還是持續下潛的正確判斷，他再次向士官長比出OK的手勢：

（Are you ok?）

士官長清楚肯定的向黃毛比出OK的手勢：

（I am ok.）

黃毛注視著士官長回給他的OK手勢，再注視著他潛水面鏡後的眼神、嘴角的表情、口中呼吸所吐出來的氣泡，確定士官長應該沒有氮迷醉現象，也應該還沒出現類似氧中毒的徵兆，於是向士官長比出大拇指朝下的手勢：

（Let us go down.）

士官長很中規中矩的先回給黃毛一個OK手勢，再比出大拇指朝下的手勢：

（Ok, understand. Let us go down.）

兩人同時抵達海床上，面對面採高跪姿勢，黃毛隨手抓起一把砂在他手掌，再讓砂從手掌指間縫隙落下，注視著砂落下的方位與角度。黃毛估算出海床上的流水速度大約是一節、方位是朝向西方兩百七十度，海底水流方向正好和海面上的水流呈相反的一百八十度。

黃毛估算他和士官長若保持兩節的潛游速度，朝九十度的逆流方向潛進一分鐘，大約可以搜索海床三十公尺直徑的面積，然後回頭朝兩百七十度方位的方向前進。由於回程變成順流，他和士官長可以保持一節的潛游速度來節省體力、降低氧氣消耗量、避免氧中毒的威脅，大約三十秒就可以回到錨錬的位置上。黃毛向士官長比出兩手食指同時水平指向九十度的方向，士官長了解這手勢是告訴他兩人保持水平潛游，游向食指所指的九十度方向，於是向黃毛回覆了OK訊號：

（Ok, understand. Let us go.）

兩人用力踢動蛙腳，對抗海床上的逆流，朝著九十度的東方潛游出發。海底逐漸出現一些垃圾般的雜物，黃毛也終於發現正前方有塊尖銳的物體從海床底泥層冒出來，示意士官長一同游過去看個究竟。黃毛認出那是飛機機翼殘缺的一角，底層的泥沙太厚，無法斷定是否有較完整的機身被掩蓋在泥層中。黃毛取出腰間的浮力袋，將浮力袋的細繩繫緊在機翼上。黃毛和士官長同時取下嘴邊的呼吸嘴，置於浮力袋下方，按下呼吸嘴的洩氣閥，高壓空氣瞬間衝入浮力袋內。浮力袋開始上升，浮出水面，黃毛再次向士官長比出 **OK** 訊號，然後食指指向回程錨鍊的位置：

（Ok. Mission completed. Let us go back.）

士官長先比出 **OK** 手勢，再將兩手食指一前一後的水平指向錨鍊的位置，答覆：

（Ok. I will follow you.）

回程中，士官長再一次從心底佩服起黃毛。他是如何辦到的？在茫茫的大海，他是如何判定這裡是飛機的落海點？在陰暗的海底，他又是如何能發現蛛絲馬跡？如何規劃出搜索路線？竟能如此迅速的找到飛機殘骸！黃毛算是當今台灣潛水界的奇葩。咦？黃毛的影像為何越來越模糊，還逐漸像風箏一樣漂離開他，漂離台灣海峽……

黃毛驚覺士官長嘴角露出微笑，腦海裡彷彿再次看見阿森在向他微笑一般，於是連續對著他的面鏡做了「Are you ok?」的手勢訊號，都沒有得到士官長的回應。

（Up! Up! Up! Let us go up!）

士官長好像從睡夢中醒來，看見黃毛一隻手在他面鏡前面一直在做大拇指朝上的手勢。大拇指的後面是黃毛兩隻瞪大的眼睛，透過鏡面玻璃盯著他看，另一隻手環抱著他的半邊肥腰，兩隻腳正拚命踢水向上。

（Ok. Ok. I am fine now.）

士官長急忙向黃毛做出 **OK** 的訊號，表示他已清醒。黃毛停止踢水向上，也鬆開環抱住他的腰的那隻手，兩眼還是注視著他。士官長稍微檢查一下他身上裝備，順便看了一下深度計：「30m」。

深度計指示著水中三十公尺的深度。從他回到水下錨鍊處六十公尺深度以後的事情，士官長現在全都不記得了，只知道他剛才一定發生了氮迷醉症狀，是黃毛拚命把他從六十公尺的深度拖回到三十公尺處，他才從氮迷醉現象中清醒過來。

兩人再次交換OK訊號後，保持著緩慢吐氣上升的技巧，踢水朝向水面逐漸出現的亮光。

海面上著急焦慮的阿倫，終於逐漸看清楚有兩團氣泡越來越接近船邊，浮出水面後的黃毛與士官長也都向阿倫做出OK的手勢，阿倫心中的那塊石頭才放下來，很是欣喜的過去協助兩人爬回船上。

黃毛一面手指著那個他在水底施放上來的浮力袋，一面說：

「那浮力袋的位置就是海底下找到飛機殘骸的臨時指示浮標，跡象顯示飛機墜落時，應該沒有機會讓乘客有逃生的應變處置，除非奇蹟出現，應該不會有生還者。我們目前的裝備不足，無法再做進一步的搜索或救援，必須調來混合氣潛水裝備、減壓艙等重裝備，才能做出下一階段的潛水任務。

「太陽快下到海平面下了，天黑後也無法再做搜索。我的看法是我們搭快艇回鑽油平台，透過鑽油平台的通訊，回傳這裡的最新消息，也回傳給新竹南寮漁港的船老大，要他趕到鑽油平台來和我們會合。船老大的船上還放置著我們的混合氣潛水裝備等重裝備，我們明天一大早再搭船老大的船，從鑽油平台出發回到現場，只要找到這個指示浮標，我們就可以再下去做徹底詳細的搜索。」

回到鑽油平台的三人，在士官長的堅持下，黃毛攤開他的睡袋、鋪在甲板上，倒頭休息，由阿倫代表他們三人，透過鑽油平台上的無線電和澎湖漁業電台、澎湖航空管制站、新竹漁業電台聯繫。船老大答應半夜從南寮漁港出發，清晨就可以抵達鑽油平台，搭載他們三人前往失事現場。澎湖航空管制站說明，天一亮就會派遣直升機前往搜救。澎湖漁業電台回報，馬公漁港已經聚集大批潛水人員與新聞媒體記者，準備趕往現場，看來明天澎湖外海的黑水溝海域將會非常忙碌。

□

在海上看日出是最賞心悅目的一件事，不管是偶然初次到海上閒逛、無憂無慮的遊客，還是在海上漂泊無數次、歷經人生滄桑的老水手，每看一次日出，都會重新定義生命的深度與廣度。對黃毛來說，除了對生命的深度與廣度的讚嘆之外，他最津津樂道的是稀釋度。他說在藍色日出光芒照射下的血紅色大海，可以稀釋掉所有生物對生老病死的喜怒哀傷。

黃毛自從清晨搭上船老大的漁船，一直都保持著在船尾閉目養神的姿態，士官長和阿倫則在船頭閒聊：

「阿倫呀，你是怎麼會跟著黃毛出來混的？」

「黃毛是我沒有血緣關係的哥哥。我爸媽本來被醫師判定不會有小孩，所以就從一處教養院抱了個孤兒回來，那孤兒就是黃毛。沒想到十年後我爸媽居然生下我，幾年後他們也都相繼因病過世，黃毛就成了照顧我的大哥。」

「黃毛一直都是黃頭髮嗎？」

「不是，我爸媽說黃毛被抱進我家時還是黑頭髮，大概是在黃毛四歲時，掉到河裡差點溺斃，經過急救之後，命是撿回來了，但從此長出來的頭髮就統統變成黃色的了。」

「厚，有這種事！啊是什麼原因讓黃毛去年來參加職業潛水訓練班？」

「大概是小時候的陰影。黃毛一直都有恐水症，參加職業潛水訓練班，其實是黃毛咬著牙決定克服他自個兒的心理障礙，才去參加的。」

士官長回想起昨天黃毛在海底救他上來的過程，他確定黃毛不但已經克服了恐水症，應該也已經和這片大海融合，成了名副其實的大海之子了。

「士官長，那天你激動得要衝出去揍那王國棟，黃毛說了一句類似『記得阿凱的教訓嗎？』的話，然後你就停下來了。為什麼？誰是阿凱？到底阿凱發生了什麼事？」

阿倫因為以前常聽到黃毛睡覺說夢話時會喊出阿凱的名字，很想知道阿凱到底是誰，因此轉而向士官長問起。

「阿凱是我們職業潛水技術士訓練班的同期同學，他和黃毛上課時老是在爭誰是第一名而成了莫逆之交。畢業後，阿凱受約聘為石油公司的潛水員，卻也成為班上第一位潛水遇難的同學，到現在屍體都沒找到。檢察官以失蹤來結案，阿凱的家屬領不到一張死亡證書，石油公司也不發撫恤金，阿凱爸媽幫他保的意外險，保險公司也都不願意理賠。黃毛對這件事情很自責，因為事情發生後，黃毛一直認為阿凱不會死在海底，一定會脫險再度浮出水面或游回岸上，所以不願意檢察官草率的認定阿凱已經溺水而死。」

「阿凱出事時，黃毛有在現場嗎？」

「黃毛就是阿凱的潛水夥伴。出事時，只有黃毛和阿凱在海底，阿凱到底發生了什麼事，如果連黃毛都不知道，就只有大海知道了。」

「別再瞎扯了，看看前方海面上有一條船。」

黃毛的聲音突然出現在士官長與阿倫的對話中。黃毛不知何時已走到兩人身邊，正用手指指向船頭前方海域，有一艘船正朝他們的方向前進。

「不太像是漁船，比較像是工作船。」

士官長在海軍待過一陣子，顯然對船隻有較深的認識，隨著兩船越來越接近，認出是一艘工作船。

「是一艘潛水工作船。已經有潛水人員比我們早趕到失事現場了。」

黃毛從對方甲板上的配置，認定是一艘以潛水作業為任務的工作船。

「這樣規模的工作船，台灣並不多，澎湖一艘都沒有。這艘應該是昨晚從台灣本島，也許是從新竹、或者是從基隆出發，連夜趕過來的。」

士官長憑他的海上經驗，做出滿合理的分析。黃毛點頭向士官長表示同意他的看法，並接著士官長的話繼續說：

「那我猜這艘船就是華龍打撈公司原本停在基隆港的潛水作業船『華龍一號』。華龍應該也接到了航空公司的委託，趕到現場來搜救。」

「華龍的二少爺就是華龍一號的船長，二少爺應該就在船上，等兩船接近時，我用『大聲公』吼他出來一下。」

士官長說完，就拿起掛在船老大駕駛船橋外，俗稱大聲公的揚聲器，將喇叭口朝來船的方向。

黃毛向船老大示意將船停下，準備做本船與來船的海上接觸，但來船雖然朝著本船開來，卻沒有減速的意思。

「華龍一號、華龍一號，請減速停車！本船是新竹來的救援船，請減速停車！」

來船把船頭向右舷轉向，似乎想避開和本船的接觸。士官長急忙又用大聲公向來船吼出：

「二少爺、二少爺！我是士官長啊！停船呀，停船！」

來船甲板上有六七個人應該有很清楚的聽見士官長的聲音，卻只簡單揮了一下手，就又恢復持續整理甲板上的工作，眼看來船就要通過本船加速離去了。

「原住民！原住民在甲板上！」

眼尖的阿倫這時認出，來船甲板上有一人正是原住民，那隨時隨地都會有驚人爆笑演出的山地同胞，剛才會船時居然沒有任何激情演出。

「原住民，你又喝掛了喔！原住民，你給我回來！」

情急又疑惑的士官長拿著大聲公朝已經離去的來船船尾，不死心的繼續吼著。

「船老大，追！掉頭追那艘船！」

黃毛轉頭向船老大右手握拳、手臂上下垂直揮動，左手手指指向已經離去的來船，示意加速追上華龍一號。不祥與憂慮的表情全寫在黃毛臉上，士官長也驚覺可能事態嚴重，指示著阿倫等一下如何做出攔船、強制登船的準備。

船老大馬力全開，駕駛鐘指示在「Full ahead」的位置上，以超過三十節的航速追上來船船尾，再超過來船船身。就在本船右舷超出來船船頭時，突然來個右滿舵，以四十五度角的指向斜插入來船船頭的海面，再來個「Slow ahead」急速減車，讓本船減速並擋住來船船頭的航向。但來船並無減車停止的跡象，持續保持全速前進，船老大再來個左滿舵、full ahead，這次從左舷四十五度角的指向再次斜插入來船船頭的海面。船老大如此不斷的在來船船頭左右蛇行，並以急加速再急減速的方式迫使來船停下。每次船老大急速的從右滿舵轉為左滿舵時，船隻左舷迅速傾斜沒入海平面，海水洶湧飛濺上左甲板；再從左滿舵轉為右滿舵時，船隻右舷迅速傾斜沒入海平面，海水洶湧飛濺上右甲板。阿倫兩手環抱住駕駛台船橋的一根柱子，隨著船身從左滿舵到右滿舵，身體從向右傾斜九十度再向左傾斜九十度，來回共一百八十度的左右搖擺，兩腳被左右洶湧來回的海水衝離甲板，全身只剩下兩手環抱住柱子的這個支撐點。阿倫心想，要不是士官長事先指示他抱住這根柱子，早就被船老大這套飆船技術給翻出船舷、掉下落海了。有十幾年海上經驗的士官長也好不到哪裡去，彎著腰一直朝船尾嘔吐，這次好像連膽汁都吐出來了。

來船華龍一號終於停下來了。船老大將本船快速回轉，船頭指向華龍一號的船頭，從 full ahead 的全速前進，減車至 half ahead 的半速前進，再減車至 dead slow ahead 的低速前進。就在離來船船頭約兩米的距離，船老大來個 full astern 的全速倒車，又迅速的將調速器轉換到 neutral 的停車位置上。本船船頭準確的靠上華龍一號船頭而停下來。本船是不到三十噸級的漁船，而來船是艘超過三百噸的工作船：

來船船頭甲板比本船高出約五公尺。來船船頭甲板上一船員拋下纜繩，士官長急忙接住，仔細的繫住本船船頭上的纜樁。來船船頭甲板上再拋下繩梯，黃毛接下，開始攀爬準備登上來船。士官長協助穩住繩梯尾端，避免搖晃，在黃毛登上來船甲板時，自己也跟著爬上去，並且示意阿倫隨後跟上。

上了華龍一號甲板的黃毛直奔船橋駕駛台，希望能見到華龍二少爺。士官長搜尋到原住民的影子後，朝著原住民走過去。阿倫卻一個不小心被甲板上的一塊白布給絆倒，白布下露出兩隻穿著潛水鞋的腳。阿倫禁不住「呀！」了一聲，但隨即定神冷靜下來。他知道剛才絆倒他的是一具屍體，一具潛水夫的屍體。

在阿倫二十年的生命歲月裡，第一次這麼近距離面對一具屍體。阿倫父母親過世時他還小，後事都是黃毛一手處理，他連父母最後的遺容都沒見過，對父母最後的模糊印象是他捧著爸媽的遺照，跟隨捧著骨灰的黃毛走出靈堂。

「對不起！對不起！」阿倫連聲對不起，並對著屍體與旁邊的船員不斷鞠躬。

「那邊還有兩個。我們總共損失了三個潛水夫，還有兩個昏迷的，現在在減壓艙裡面。」旁邊的船員指著阿倫另一隻腳旁邊的兩具白布屍體，說話的語調和屍體一樣冷。這時候阿倫才注意到，他差點又踩到另一具屍體，剛才強忍住的驚慌，這時候化作「呀！呀！呀！」的失控連續驚呼。

船橋駕駛室內的華龍二少爺沒等黃毛敲門，就把駕駛室的鐵門敞開，示意黃毛進來說話。

「黃毛，我們急著後送兩位潛水病傷患回馬公。」

「二少爺，不能要求直升機前來協助後送馬公海軍醫院嗎？」

「傷患是因為潛水上升太快，得了減壓病，或是得了更複雜的動脈栓塞症。我們已經讓他們進入減壓艙中做減壓治療，要是再讓他們從減壓艙出來，坐上擔架升空，恐怕會使他們病情更複雜化。」

「直升機不能直接連同減壓艙吊起來飛回基地嗎？」

「減壓艙太重了，全澎湖都沒有這麼大的直升機。」

黃毛點頭，表示同意二少爺已經做了該有的正確處置，說：

「二少爺，有什麼是我黃毛可以協助的嗎？」

「黃毛，如果你也是要前往飛機失事現場，請你自個兒小心。我是想勸你不要去了，但我知道你不會聽我的話。飛機失事是因為迷航，飛到黑水溝的上方才掉下來的。你想想看，天空中的飛機都被黑水溝給拉下來了，潛水夫下去，不就是去找閻羅王送死嗎？」

「知道了，二少爺。抱歉耽擱了你後送傷患的行程，我們這就離開。後會有期！」

走出駕駛台的黃毛，一手揮向士官長，一手揮向阿倫。

「士官長、阿倫，我們走人了！」

士官長兩手撐住原住民的兩邊腋下，協助全身軟綿綿的原住民保持站立的姿勢，把握最後的機會，嘴裡一直沒停的叮嚀原住民。黃毛似乎聽到類似「你這個山地人給我堅強起來！你一定要堅強起來呀！」，這種士官長個人風格的激勵他人的話。

黃毛看著士官長三步併作兩步，快速的朝他跑來，那張圓形的橡皮臉早就又變成方形的木頭臉，微腫的雙眼布滿血絲，看來是剛剛才止住淚水。另一個方向的阿倫卻仍然呆若木雞似的豎立在三面白布的中間，動彈不得。

「阿倫，回來！你想和他們一樣，躺著都不要動了嗎？」

這個黃毛兄代父職、還兼代母職，一手照顧長大、毫無血緣的么弟，茫然的回應黃毛一聲：

「喔！我來了。」

□

回到船老大的船上，三人望著華龍一號逐漸遠去。黃毛問：

「原住民還好嗎？他怎麼會在二少爺的船上？」

「唉！二少爺跟他說，他有一個發財的機會，問他要不要找一些人，大家一起海撈一票！原住民就回他村子裡，找了八位壯丁，上了二少爺的船，來到這裡。」

「但是，士官長，原住民找來的人會潛水嗎？」

「原住民說，這些人都是從小一起跟他在東海岸潛水抓龍蝦的高手。」

「唉呀！像這種業餘的半調子潛水員，是最容易出事的。原住民不知道嗎？」

「問題就在原住民告訴他們，這是海撈一票的大好機會！結果就海撈了一票屍體！」

「出事的真正原因是什麼，原住民知道嗎？」

「原住民說，他們有六個人一起下水，在水底下時，其中一人不知道為什麼突然的急速上升，其他人過去救他，全都沒有減壓就直接浮到水面上。直到發現身邊五個人都不見了，原住民才自己一個人慢慢浮起來，所以只有他沒事。直接上來的那五個人，後來就變成現在這樣子囉！」

「唉，六十公尺的水深，本來就不應該用空氣瓶潛水，而且還用沒有經驗的業餘潛水人員，這二少爺也太草菅人命了。我猜一定是那位潛水員在水底下因為身體變重，所以做了在浮力衣裡充氣的錯誤動作。在他不自覺的潛游過程中，只要稍微向上升了一兩公尺，氣體就會因水壓降低而膨脹開來。氣體一膨脹，他就越上升，他越上升，氣體就越膨脹，一瞬間就發生所謂 blow up 現象。他最後是毫無應變能力的被太大的浮力、太快的上升速度給衝出水面，而他的同伴去拉他，也全都被拉了上去。六十公尺深耶！沒有減壓、快速上升，本來溶在血液中的空氣都被釋放出來，變成殘留氣泡出現在血管裡，這是最典型的動脈栓塞症。還在減壓艙內的那兩位生還者，我看脫險的機會也不樂觀。」

「原住民大概也知道凶多吉少，他說他已經沒有臉回村子裡面對他的村民。」

「原住民不會做出什麼傻事來吧？」

「跑去自殺的可能性比較低，喝酒喝到掛的可能性倒是滿高的。這陣子必須有人看著他，不要給他米酒喝！黃毛，你別指望我會去看住原住民不喝酒。我有可能拗不過他，最後變成陪他一起喝唷！」

「好，士官長老哥哥，看住原住民的任務呢，就交給阿倫。你呀，如果這趟能活著回去，就陪我去石油公司走一趟，把阿森的錢要回來，交給阿森嫂。」

士官長和黃毛同時回過頭去看阿倫。士官長先開口對阿倫說：

「阿倫，還在發呆嗎？剛才黃毛的話聽見了嗎？你喝酒的機會來了！」

黃毛也勉強擠出一點笑容說：

「阿倫，你要是敢喝一口酒，回來我用布袋針把你嘴巴縫起來！」

那三具白布下的屍體似乎還在阿倫的腦海裡轉，他茫然的望著黃毛和士官長，沒有答話。士官長幫著阿倫說：

「黃毛，你打算把阿倫壓在你的腋下一輩子嗎？該放手讓他去闖了吧！」

「我已經幫阿倫報名參加今年的職業潛水技術士訓練班了。半年後他就是你的學弟，換你把他壓在你的腋下一輩子好了！」

報名參加職業潛水訓練班這件事，連阿倫自己都還不知道。黃毛望著阿倫，嘴角泛出些許微笑。阿倫終於哇的一聲，望著黃毛露出滿臉驚喜的表情。跟這件事一點關係都沒有的士官長，卻是高興得合不攏嘴，連聲嘿嘿的說：

「嘿嘿！阿倫，你結訓畢業那天，我請你喝酒喝到天亮，把你老哥黃毛這幾年欠你的酒，一次把它全喝回來。嘿！嘿！嘿！嘿！嘿！」

三人的笑聲，把剛才華龍一號上的悲慘記憶暫時拋諸腦後。船老大早就已經將船開到飛機失事的黑水溝海面上。

「士官長、阿倫，我們已經又回到失事現場的海域。昨天留下來的那個橘紅色指示用浮標還在海面上，我們等一下讓船老大拋錨在浮標附近。另外，我注意到離我們的浮標大約兩百公尺處，還有一個較大型的白色保麗龍浮標。我相信那是華龍一號留下來的海上定位浮標，他們找到的失事地點幾乎和我們一致。飛機確信就在這個海面下。

「我們昨天已經下去過一次，水深是六十公尺，不可以用空氣潛水，必須改用混合氣潛水的方式下去。不過現在還不是下水的時機，離水流最小的最高潮時間還有四小時。我們一面休息，一面把混合氣潛水作業準備好，等待最高潮的時間點再下去。昨天的偵測顯示海床底下覆蓋著一層泥沙，光靠肉眼恐怕搜索不出什麼名堂。等一下我帶金屬探測器下去，士官長則帶著標示旗，將金屬探測器反應強烈的點都插上標示旗指引出來。若一切順利，我們第二趟再帶水下高壓幫浦下去，在可疑的位置將覆蓋的泥沙沖開來檢視，目標是找到飛機上的黑盒子。」

黃毛說完，拿出紙筆，嘴裡唸唸有詞的計算混合氣的濃度：

「六十公尺深是七大氣壓。若呼吸氧氣分壓力不超過零點八大氣壓來計算，氦氧的混合比例應該是……氧氣百分之十、氦氣百分之九十。士官長，打開高壓氧氣瓶氣閥！打開高壓氦氣瓶氣閥！設定氧氣混合比百分之十！設定氦氣混合比百分之九十！潛水氣瓶充氣預備，開始！」

士官長隨著黃毛的口令，中規中矩的填充正確的混合氣比例到潛水氣瓶內。阿倫仔細的在一旁觀察學習，真希望自己現在就已經從職業潛水訓練班畢業，成為正式合格的職業潛水員，加入黃毛和士官長的作業。阿倫忍不住開口問：

「士官長，這混合比是怎麼算出來的？」

「阿倫，你還是問黃毛吧！我數學不好。」

士官長和阿倫兩人同時轉頭看黃毛。黃毛先是猶豫，再低頭沉思，再抬頭仰望，再長長的吸了一口氣，再很緩慢的吐出來，好像正在做很重大的決定。

「阿倫，等你去訓練班受訓時，拖鞋老師會教你正確的職業潛水知識，你一定要好好學。目前台灣潛水界太多似是而非的訓練班，似懂非懂的所謂專家，和自以為是的老資格潛水教練，造就了一大堆一知半解的半調子潛水員，出來到處玩命。絕對不要以為自已技術好就蠻幹，膽識夠就冒險！拖鞋曾經告訴我們這一期的潛水員：『最偉大的冒險家，絕對不做冒險的事情。』冒險家成功的祕訣是周詳的計畫、謹慎的執行。士官長，你還記得嗎？」

「厚！黃毛，阿倫只是問你混合比是怎麼算出來的，你沒事幹嘛搬出這一大堆道理來教訓人！」

「好吧！阿倫，在海面上呼吸空氣的壓力是一大氣壓，其中氧氣分壓力是零點二大氣壓，氮氣分壓力是零點八大氣壓。那在海面下三十公尺呼吸空氣的壓力，是多少大氣壓？氧氣分壓力是多少大氣壓？氮氣分壓力是多少大氣壓？」

「海水每增加十公尺就增加一個大氣壓，三十公尺深的呼吸壓力就變成四大氣壓，所以氧氣分壓力是零點八大氣壓，氮氣分壓力是三點二大氣壓。」

「潛水夫呼吸三點二大氣壓的氮氣，有可能發生什麼事？」

「氮迷醉。」

「那若在海面下四十公尺，呼吸空氣的壓力是多少大氣壓？氧氣分壓力是多少大氣壓？氮氣分壓力是多少大氣壓？」

「四十公尺深的呼吸壓力就變成五大氣壓，氧氣分壓力是一大氣壓，氮氣分壓力是四大氣壓。」

「潛水夫呼吸一大氣壓的氧氣，有可能發生什麼事？」

「氧中毒。」

「那麼，潛水夫要下潛到四十公尺以下的深度，又要避免氧中毒與氮迷醉現象，該怎麼辦？」

「改用氦氧混合氣，將氮氣改成氦氣。氦氣是惰性氣體，和血液不會起化學反應，就不會發生氮迷醉。再將氧氣濃度降低到一大氣壓以下，就不會發生氧中毒。所以你剛才和士官長在算氦氣與氧氣的混合比是多少，這樣就不會發生氧中毒現象，對嗎？」

阿倫的回答，不但讓士官長不自覺的在大腿上拍了一下，吼出「好呀，答得真好！」，就連黃毛心中的欣慰也全都寫在臉上。

「阿倫，這就是為何要改採氧氣百分之十、氦氣百分之九十混合氣潛水的原因。我和士官長今天若下到六十公尺的深度，呼吸的氧氣濃度事實上是零點七大氣壓。但是，阿倫，你再想想看，當我和士官長完成作業要上升回到水面時，在海平面下，我和士官長呼吸的氧氣壓力是多少？」

「若是在海平面下五公尺，壓力是一點五大氣壓，所以氧氣濃度是零點一五大氣壓。」

「是的，阿倫。但人體呼吸的氣體，若氧氣濃度低於零點一六大氣壓，就會因為缺氧而昏迷。這又該怎麼辦？」

阿倫這時才開始逐漸意會潛水的奧妙之處。氧氣調得太濃，在水底下會氧中毒；氧氣調得太稀，在接近水面時又會缺氧。

「那就最後快速憋氣上升好了！」

「阿倫，這樣你的下場，就跟剛才躺在華龍一號甲板上的那三位一樣了。上升時，憋氣不做正常吐氣，肺臟內的氣體會因壓力下降而膨脹，下場是肺氣泡破裂和肺氣腫；快速上升，血液中的氣體因壓力下降而膨脹，下場是潛水症和空氣栓塞症。」

阿倫聽得聚精會神，問道：

「那到底該怎麼做？」

「正確的做法是，採混合氣潛水的潛水員必須坐在密閉式潛水鐘內上升與下潛，潛水鐘內保持與海底同樣的壓力。潛水員坐進潛水鐘，下降到海底才可以從潛水鐘出來作業。作業完畢後，再進入潛水鐘，上升到出了水面才可以出來，但也必須再進到減壓艙內做減壓手續，才不會得減壓病。」

「但是，黃毛，我們今天並沒有潛水鐘和減壓艙的設備啊？」

「嘿嘿！阿倫呀，你老哥黃毛的如意算盤是，把船下錨的錨鍊當作潛水鐘和減壓艙來用！」

士官長也得意的向阿倫賣弄一下他的知識。

「黃毛，我不明白。船下錨的錨鍊，如何當潛水鐘和減壓艙來用？」

「阿倫，等一下士官長和我沿著錨鍊下潛，你仔細看、用心學，記住每一處細節，將來到了潛水訓練班，學會了潛水理論，你就會懂了。今天教你的這些，將來都用得上，希望你以後能青出於藍。我希望職業潛水這一個行業交到你們年輕的這一輩時，能走上正軌，不要再像我們這一輩因為許多的無知和無奈，造成種種意外事件。總之，就是希望悲劇不要再發生在你們身上了。在潛水這個行業裡，很多知識都來自經驗的累積，而最可貴的知識，來自最嚴重的錯誤經驗。」

這段語重心長的話，連士官長都能體會黃毛與阿倫之間情同父子、親如手足的感情，但是，士官長嘴巴上還是保持他固有的風格：

「喂！黃毛，你在交代遺囑喔！排在我後面可以嗎？我老人家還沒走耶……」

士官長後半段的話語，被突來的直升機螺旋槳破空旋轉的聲音給掩蓋了。澎湖群島方向出現兩架直升機，朝本船的位置飛來。黃毛說：

「澎湖航空站的搜救直升機到了。」

直升機在本船上空處下降些許高度，並盤旋了兩圈。黃毛清楚的看見直升機的副駕駛向他比出大拇指和食指圍成一圓圈狀的OK手勢。黃毛高舉右手，也做出OK訊號向直升機致意，並且順勢一揮，右手指向本船船頭正北方的方向。副駕駛向黃毛點頭致意，再加上標準的軍人徒手敬禮，然後轉頭向正駕駛比出向北方飛駛的手勢。

看著直升機在本船前頭的北方海域持續來回盤旋搜索，士官長突然冒出一句：

「我本來是讀空軍幼校的。」

這句話讓黃毛和阿倫都有點驚訝。黃毛難得以鼓勵士官長繼續說下去的口吻，說：

「那後來呢？」

「我知道、我知道！後來因為體重太重，直升機爬升失敗摔下來，被轉調去海軍當士官長。」

阿倫此時居然搶在士官長之前替他答話。這是黃毛第一次聽見阿倫講笑話。

「厚！你看到了唷！啊後來呢？」

士官長用假裝生氣的語調，鼓勵阿倫繼續掰下去。

「後來呀，後來也因為體重太重，海軍軍艦沉下去變成潛水艇，士官長就變成潛水員囉！」

這次換黃毛搶在阿倫之前答話。這也是士官長和阿倫第一次聽見黃毛講笑話。黃毛講完後，轉頭看了一下阿倫，難得兩人彼此互看，也難得兩人同時臉上泛出燦爛的笑容。被調侃的士官長成了笑得最大聲的那一位，連一直都在船橋駕駛艙內的船老大，此時都走出來和大家笑成一堆。船老大同時把手指向船尾南方海域說：

「海軍軍艦全部出動，來找你士官長算帳囉！」

大夥兒朝船老大手指的海域望過去，海面上出現十幾個黑點，每一個黑點的上方都冒著黑色的濃煙、後方拖著白色的水花。黑點逐漸變大，變成船隻的形狀，正中間看來體積噸位最大的船隻，的確像是一艘軍艦。兩旁船隻成一字排開，左右各有十幾艘大小不同的船，有漁船、遊艇、舢舨、竹筏，全都以全速前進的態勢朝本船直衝過來。有一艘漁船衝出了船隊陣線，逐漸拋開其他船隻，顯然是想成為第一艘和本船接觸的船。黃毛終於看清楚，那是一艘鏢旗魚的漁船，船首專供旗魚鏢手瞭望與射鏢、最突出的塔台位置上站著一個人，似乎在向他揮手。

「咦？不會吧，那位仁兄好像是強納森耶！」

士官長不太相信自己的眼睛，於是拿起大聲公朝來船吼道：

「強納森！你這個死老外，在拍西部牛仔電影喔！」

強納森一手抓著鏢塔甲板的繩子穩住身體，隨著船隻在海面上破浪前進而上下左右搖擺，一手舉起本來戴在頭上的西部牛仔寬邊帽，不停的揮動，還真像極了美國牛仔騎著野馬，奔馳於西部草原上。

這艘鏢旗魚漁船來到本船右舷，仍然保持全速前進。本船被旗魚船近距離通過造成的橫浪推得左右舷來回猛烈搖晃。強納森顯然知道船上載著黃毛、士官長和阿倫，在通過本船時高喊：

「My friends,

「one million NT dollars...

「for whoever...

「find...

「the black box!」

旗魚船已快速通過，開始超越並遠離本船。士官長拿著大聲公，卻找不到合適的髒話可以來罵外國人。海面上傳來強納森像是西部牛仔驅趕牛群的叫聲：

「Hee——hah....」

許久許久之後，士官長才想好罵人的話，說：

「這死老外一直以為他是來台灣掏金子的，每次有什麼死人錢、國難財，他一定要參一咖！他呀，遲早啦，閻羅王會在台灣召見他。讓他客死他鄉，成了孤魂野鬼！」

「發國難財、賺死人錢的，好像不只強納森一人喔！」

黃毛一邊說，一邊隨手指向本船船首、船尾、左舷、右舷，或遠或近的海面上，原本平靜的海域不知何時已經滿布大小船隻。有的來回快速穿梭，有的已經開始下錨，還有動作更快的，好像已經有潛水夫準備要著裝下水。船上顯然是有備而來的，像是新聞記者與攝影師等人員，正對著這些潛水員訪問與攝影。沒多久，終於有潛水夫從船上跳下水，攝影師的鎂光燈閃個不停。沒一會工夫，海面上好像是在下水餃似的，這裡一聲噗通、那裡兩聲噗通噗通，有些沒被照相機捕捉到下水鏡頭的，乾脆重新來過再跳一次，然後再朝鏡頭處比出一個「Y」的 Yeah 手勢，再比一個「V」的勝利手勢，而且再三確認：

「有拍到嗎？這次有拍到嗎？要不要重來一次？」

「呀，效果如何？背景呢？要不要重來一次？」

黃毛認出這些潛水夫大都是國內休閒潛水界的所謂資深教練，幾乎每次發生海上救難事件，他們都會趕來湊熱鬧。反正有到現場一瞧究竟的，回去都可以把自己吹噓成救難英雄，新聞媒體也樂得與他們配合演出，把事件本身描繪得更離奇、更神祕、更恐怖。

「請問你們是第一艘到達現場的潛水救難船嗎？」

不愧是名副其實的無所不在、無孔不入的新聞記者，無聲無息的來到本船船邊。採訪記者和攝影記者很有眼光的對著黃毛問話。黃毛假裝忙碌的背對鏡頭，沒有答話。士官長和阿倫見狀，也趕快採取背對鏡頭的姿勢。船老大從船艙鑽出頭來，對著鏡頭與記者小姐說：

「是啦，我們第一個到啦！」

「我們船上的潛水教練說，這裡是著名的黑水溝。海底一百米處有一條水流很強的水溝，飛機就是被吸入那黑水溝裡面，機上乘客還在黑水溝裡等待救援。你們有潛水人員下去看過嗎？有什麼發現嗎？」

黃毛背對記者、面對著船老大，搖手悄聲說：

「沒有……告訴她……我們什麼都不知道……」

船老大向黃毛揮了一下手，意思是說：安啦，他處理就好啦！

「昨天是有下去看啦，現在是要等水流小的時候才要下去啦！」

「聽說現在海裡磁場很亂，我們船隻的儀器都失靈了。你的船是不是也一樣？」

「是喔？我剛才沒有注意啦！」

「你認為儀器失靈是不是跟黑水溝下面的冤魂有關呢？」

「這很難講啦！」

「那潛水夫下去是不是很危險？會不會也被黑水溝吸下去？聽說昨天就有五個潛水夫被吸下去，當場死了三個，原本昏迷、後來清醒的另外兩個說，他們是被一股神祕的黑色水團吸下去的。你認為這件事情跟黑水溝下面的冤魂有關嗎？」

「厚……這個要問我的潛水夫啦……我只會開船啦……」

「請問三位潛水專家，你們有過和黑水溝冤魂接觸的經驗嗎？你們是用什麼技術與設備，來脫離那股神祕的黑色水團？」

士官長終於還是忍不住，回過頭去對著鏡頭說：

「妳回去告訴他們，現在不要下去！現在水流很強，再過兩小時到達最高潮位時，水流才會變小！

沒有氦氧混合氣潛水設備與技術的人，也統統不要下去！」

記者小姐對士官長的答話很興奮，但顯然無法理解氦氧混合氣這個名詞。轉頭去問她船上那位潛水專家，兩人來回溝通數次之後，記者小姐稍微整理一下儀容，面對攝影鏡頭很專業的作出報導：

「記者現在所在的位置，是七四七班機落海失蹤的海域。這裡正是惡名昭彰、讓漁民聞之色變的澎湖黑水溝。據船家表示，飛機墜落時，整個海域的磁場大亂，船隻迷航，天空烏雲密布，海面波濤洶湧，船隻幾乎要被吸入海底。第一批到達救難現場的潛水員，不幸統統被一股神祕的黑色水團捲入海底。這股神祕的黑色水團，到底是不是黑水溝的冤魂在興風作浪，現在眾說紛紜。根據本船的資深救難潛水專家表示，在黑水溝水域潛水，最好選擇高壓氧氣瓶來潛水，用呼吸純氧的專門技術來對抗那神祕的黑色水團……」

5
黑盒子

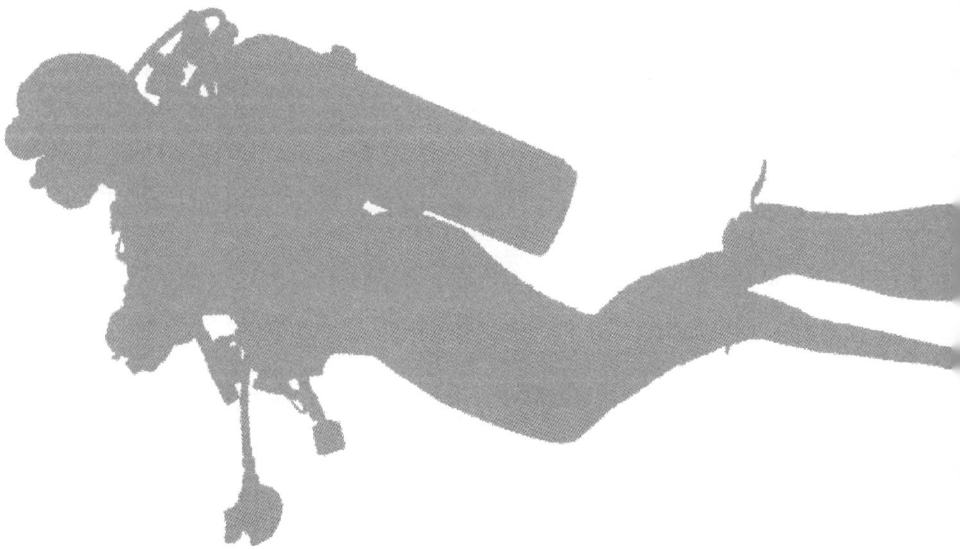

海面上，拍攝潛水員下水救難的場景逐漸散去，媒體記者搭乘的船正加速離去，留下湊熱鬧的業餘潛水專家與教練們意猶未盡的拿出魚槍下水射魚，早就把原本飛機失事的救難任務拋諸腦後。

海軍救難大隊的船艦終於姍姍來遲的抵達現場，船艦上的阿兵哥在甲板上先來一套立正、稍息、敬禮、聽長官訓話之後，高階長官回到船橋，留下幾個低階幹部大聲喊著些指令。阿兵哥照例跟隨指令，在甲板上把裝備搬來搬去、試來試去。一個多小時過去了，在低階幹部的一聲口令下，排成一列橫隊，保持稍息的姿勢站在頂著太陽的甲板上。許久許久，高階長官終於再次從船橋出來，照例再來一次立正、稍息、敬禮、訓話，然後人員解散、船隻起錨，看來並沒有下水救援的意圖，正要準備離去。

自從海軍船艦抵達現場就一直注視著官兵一舉一動的士官長，似乎終於看出端倪，向黃毛說：

「黃毛，看來海軍已經表演完畢，準備離開了。」

「士官長，不會吧！我明明看見船艦上已經整備好混合氣潛水設備，現場潛水人員也都完成 stand by，應該馬上就會下水勘查並執行救援工作才對。」

「黃毛，你顯然不懂軍中的官場文化。表面工作好好做，回去自然可以吹噓有功，有功就可以升官。倘若真的下去硬幹，萬一任務失敗，被追究責任記個過，升官的機會就沒有了。這還算是好的，若真的不小心達成任務，那就更慘囉！同儕忌妒你、長官防備你，背後捅你一下，怎麼死的都不知道囉！」

「不要胡說了！我看士官長你是因為自己被海軍踢出來，才把人家說成這麼黑暗吧！」

「不信的話，我們可以叫船老大把船靠過去，你自己登上軍艦會一會艦長，看看他怎麼說！」

「好吧！我正有此意。若他們不願意下去，也許你和我就可以用他們先進的混合氣潛水設備下去，來一次軍民合作。」

「厚！黃毛，你別傻了。軍艦不可能讓你靠近、不可能讓你登船、不可能讓你用他的裝備、不可能協助你下水，絕對不可能有軍民合作這種事！」

士官長連說了五個不可能，但黃毛已經示意船老大起錨開船。船老大似乎也很想知道軍艦會不會有敵對反應出現，甚至朝本船開火。一副唯恐天下不亂的態度，挑釁意味十足的把本船快速朝軍艦攔腰處前進。

「等我們的船接近阿兵哥的船時，阿倫你用木竿艇勾勾住對方的船，士官長你把繩索爪勾拋上對方的甲板，讓黃毛沿著繩索爬上去。」

船老大一面加速，一面傳授大家強制登艦的方法。士官長不以為然的回應船老大說：

「船老大，你這套強制登船的方法，跟海盜行為沒有兩樣！恐怕你船還沒靠近，軍艦早就開砲把你擊沉了。」

士官長和船老大兩人，一個越來越像海盜，一個越來越像海軍，開始興奮的辯論彼此的攻擊戰略與戰術。不知不覺中，船已經開到軍艦旁，阿倫遵照船老大指示，拿起艇勾準備勾住軍艦的船肚子處，士官長也將繩索爪勾握在手上，旋轉了幾下，試著練習將爪勾拋上軍艦甲板的拋甩動作。黃毛這時拿起大聲公，朝軍艦喊話：

「本船是民間潛水救難船，請求登艦。」

軍艦甲板上站立著一列手持長槍的官兵，監視本船的靠近，保持著警戒狀態。阿倫和士官長看著船老大，似乎在等待船老大的下令，展開海盜式的強制登艦。
軍艦船橋處突然傳出：
「請問來船有一位黃毛先生嗎？」
這句話，讓包括黃毛在內的每一個人都有些錯愕。但黃毛保持著平靜的語氣，回答說：
「我就是黃毛。」
「艦長有請黃毛先生登艦。」
突來的變化讓船老大、士官長和阿倫都僵在那裡。軍艦已經主動放下繩梯，黃毛接住繩梯後往上爬，士官長一直等到黃毛都已經登上軍艦甲板了，才驚覺自己應該尾隨黃毛之後登上軍艦。士官長克服他那超過零點一噸臃腫身軀的地心引力，隨著搖擺的繩梯吃力的往上爬，來到軍艦甲板上已是滿臉通紅，氣呼呼的說：
「艦長呢？叫你們艦長出來！他媽的，沒有放舷梯下來，居然叫我爬繩梯，太沒禮貌了！」
站在船舷邊的值星官被士官長無厘頭般罵了一頓，一時反應不過來。士官長繼續架勢十足的指著值星官問：
「你們艦長找我的黃毛老弟有什麼事呀？」
「我們艦長接到艦隊司令部的電話，艦隊指揮官指名要和黃毛先生通話。黃毛先生現在正在通訊室和指揮官通電話，麻煩長官你在這裡等候一下。」
值星官一邊向士官長做簡報說明狀況，一邊命令士兵搬張椅子請士官長坐下。士官長正好想找個位子喘口氣，就不客氣的坐下來，繼續擺出老大哥的姿態詢問值星官：

「你們指揮官認識我的黃毛老弟？」

「指揮官並不認識黃毛先生，但新加坡有一位陳老闆是指揮官的舊識，透過指揮部打了通無線電話到艦上來，要求艦長請黃毛先生過來接聽。」

「喔，新加坡的陳老闆是嗎？我認識！我們一起做潛水工程很久了。他和我和你們艦隊司令，我們三人是拜把兄弟，你們艦上很多潛水設備都是陳老闆提供的喲！怎麼樣，那潛水硬式頭盔還好用嗎？你們到底會不會用呀？不會只是放在那裡擺好看的吧？」

值星官顯然被士官長這段話唬住了，站在太陽下額頭直冒汗，立正再加上敬禮，正經八百的回答士官長的問話：

「是！長官！本艦採用的硬式頭盔 M17型性能良好，弟兄們都按照標準程序演練。」

「光說不練嘴把式，唬人的！叫兩個兵做一次給我看！」

值星官更是嚇出一身冷汗，結結巴巴的說出：

「請……長……長官、指示……示、演……演習狀……狀況……」

「好吧，那就針對今天的飛機失事，你們剛才擬定的狀況，再演練一遍給我瞧瞧！」

值星官面對這位他以為比他的艦長還要大的長官——也就是全海軍艦隊的最高司令官——的拜把兄弟，緊張得只會聽命行事，毫無分析狀況的理智，開始為士官長擺出潛水操演的態勢，馬上集合他的小組人員，發出口令：

「潛水——預備——！」

甲板上待命的潛水官兵迅速的一邊移動就位、一邊回應：

「一號潛水手就位。」

「二號潛水手就位。」

「一號潛水預備手就位。」

「二號潛水預備手就位。」

「一號潛水臍帶作業手就位。」

「二號潛水臍帶作業手就位。」

「混合氣作業手就位。」

「減壓艙作業手就位。」

「潛水總監就位。」

眼看一號潛水手就要從船舷處跨步入水了，士官長這才看見黃毛從艦長室走出來，於是向值星官招手一揮，說：

「好了，可以了，值星官！狀況解除！我和我的黃毛老弟回去會在艦隊司令面前為你美言幾句。好好幹啦！趕快放下舷梯，送我們離艦吧！」

值星官連忙放下舷梯，並在船舷處向士官長恭恭敬敬的行徒手注目敬禮，護送黃毛和士官長走下舷梯離去。

回到本船的士官長迫不及待的問黃毛：

「怎麼樣，艦長怎麼說？是不是被我料中，戲演完了準備回去邀功，對嗎？」

「士官長，有關你剛才對軍中文化的批評，我現在不得不同意你的看法。那位艦長真是個聰明當官的料，他說他們雖然裝備精良，但弟兄們訓練不足，他不能罔顧艦隊弟兄的生命隨便下去冒險。這趟飛機失事的救難任務，他們已經完成階段性使命。」

「呸！什麼階段性使命？那些半調子休閒潛水教練至少還跳下去讓攝影師拍拍照。我們的海軍救難隊是國家針對海上救難，花了數千億人民血汗錢培養出來的隊伍，卻只會在甲板上立正、稍息、小跑步，連泡泡海水都害怕，還敢說什麼完成階段性使命？我呸！我就是看不慣這些狗官才離開海軍的。」

「唉！反正飛機已經沉入海底，機上人員大致確定全數死亡無一生還，沒有必要再讓小兵們下去冒險賠上性命。艦長也算是做了明智的決定，因為接下來除了搜尋機上的黑盒子之外，也沒有什麼緊急的事了。」

士官長看著海面上的軍艦越離越遠，方才熱鬧喧騰的海面，現在又只剩下他們這艘船，孤獨的在海面上浮沉。士官長露出疑惑的表情，說：

「黃毛，那你看我們還要下去嗎？」

「士官長，我剛才在艦長室和陳老闆利用無線電話通訊。陳老闆說國興一號已經從新加坡開出來，兩天後會抵達現場，他要我們留在這裡，等著和國興一號會合。陳老闆說，黑盒子必須等國興一號到才有辦法找回來。」

阿倫突然在這時候插嘴：

「厚！這麼說，國興一號的設備比我們海軍的裝備還要精良囉？」

「其實是國興一號上人員的訓練比較確實，或說是技術比較好。因為要把黑盒子打撈上來，主要需靠側掃聲納儀和水下機械車這兩樣裝備。國興一號可拖行一具側掃聲納儀，在海床上來回搜索、記錄、分析、研判海底的地形地物，它的訊號甚至可以穿透海底底層，研判出是否有飛機殘骸掩沒在海底砂層裡。等確定接收到黑盒子的訊號，或判讀出黑盒子的影像之後，國興一號再放下一部水下機械車到黑盒子的位置，利用機械手臂夾住黑盒子，這樣國興一號就可以連同水下機械車一起回收黑盒子。」

「側掃聲納儀和本船船老大用的聲納掃描儀有何不同？」

「船老大用的聲納掃描儀是從海面上往下掃描到海底，側掃聲納儀是將聲納裝置在類似一具魚雷外型的兩側，靠著一條和母船連接的纜繩拖行於海床上一定的高度。因為黑盒子本身就有一個聲納發射裝置，它會不斷在海底發出聲波訊號。雖然船老大的聲納掃描儀和國興一號側掃聲納儀都可以接收黑盒子的訊號，但是側掃聲納儀較接近海底，判讀的功能當然就越精準。這樣水下機械車才能迅速的在海底鎖定目標物，也就是說，靠著側掃聲納儀和水下機械車，國興一號可以有海底撈針的功能。」

阿倫凝聽完黃毛的說明，總算了解側掃聲納儀和水下機械車如何用來完成幾乎是不可能的海底撈針任務。但這樣的設備為何國興一號上有，而海軍軍艦上居然沒有，阿倫不解的問黃毛：

「既然這麼好用，那海軍救難艦上為何不裝置側掃聲納儀和水下機械車呢？」

士官長不等黃毛開口，馬上插嘴回答說：

「厚！小老弟啊，你是太天真呢，還是都沒在注意聽啊？海軍救難艦上當然都有側掃聲納儀和水下機械車，但人家是當官的，當官的就怕側掃聲納儀和水下機械車用壞了、用丟了，或者其實是根本就不會用。黃毛說國興一號技術比較好的意思，就是『海軍根本沒有人會用這些裝備』比較含蓄與文明的說法。如果你聽不懂黃毛的話，聽我的。海軍的裝備是拿來給長官看的，不是拿來用的；海軍的人員訓練是拿來表演給長官看的，不是用來救難的。這樣你聽懂了嗎？」

阿倫轉頭去看黃毛，心想黃毛應該會說出一些糾正士官長的言論，或者至少說出一些比較正面的說詞，來緩和一下過於偏激的士官長。但黃毛卻保持沉默，似乎在默認士官長的說法。

士官長意猶未盡的繼續說：

「咱們潛水界呀，所謂專家是專門騙人家的！當官是為長官服務的，只有我們這些職業潛水技術士，才是沒有地位、不被重視的無名英雄。」

這次，黃毛總算說話了：

「你也別往自己臉上貼金了。人家專家是一種學術，當官是一種藝術，你沒學術又不懂藝術，只能勉強稱自己有技術。別什麼無名英雄了啦！到時候黑盒子沒有撈上來，我們就又被罵成不學無術。」

「什麼學術、藝術和技術，我士官長就是不學無術。但是呀，我至少不是滿嘴仁義道德，卻盡做出那些傷天害理的骯髒、卑鄙、無恥、下流事的衣冠禽獸。」

阿倫看士官長突然激動起來，好奇的問：

「厚！士官長，你到底是在說誰呀？是哪一個衣冠禽獸得罪了你，讓你痛恨成這個樣子？」

士官長無意間的借題發揮說漏了嘴，顯然不願被阿倫知道他心裡永遠揮之不去的痛指的是誰，於是兩肩一聳、兩手一攤，做出此地無銀三百兩的無辜表情。黃毛代替士官長回答阿倫的疑問，說：

「那還有誰，一定是那檢察官王國棟囉！」

每次一聽到黃毛稱呼王國棟檢察官，士官長火氣就上來：

「什麼王國棟，他明明就叫王八洞！」

「你也別恨他恨成這個樣子啦。搞不好你哪天還需要他幫忙，替你開一張你的死亡證明書。」

「呸、呸、呸！你別咒我死，我死了誰來幫你收屍呀！」

阿倫在一旁聽黃毛和士官長這兩位生死之交的摯友在計較誰該先死，真有哭笑不得的感觸。

「沒咒你死，我是說萬一啦。在萬一的情況下，我好拿著你的死亡證明書去給翠涵，讓她繼承你的遺產，也好了了你的心願，不是嗎？」

阿倫終於聽出了重點，原來士官長和王國棟的恩怨可能是來自一個名叫翠涵的女孩子。阿倫迫不及待的想知道得更多：

「誰是翠涵呀？」

黃毛大概認為他這句話把士官長的瘡疤揭得太深了，不忍心再說下去。

士官長也萬萬沒想到，原來黃毛早就看穿這個他自以為全天下都沒有人知道、內心最深處的祕密，情急之下忙亂掩蓋說：

「黃毛你別胡說了！我幫助翠涵，完全是看在同一個眷村長大的好鄰居份上而已。」

士官長不解釋還好，一解釋就全洩了底。同是眷村長大的鄰居那麼多，怎會專挑她，而且還很順口的叫出翠涵兩個字，這擺明就是跟人家關係匪淺。

阿倫興奮得整個人從甲板上跳起來：

「士官長的愛情故事！哇，黃毛你一定要講給我聽。」

太陽底下藏不住祕密，而孤獨漂泊於海洋中的人們更能夠敞開心胸。士官長這時候也想通、看開了，大方表現出他感性的一面，說：

「好吧！反正我們接下來有兩天時間要待在海上空轉，閒著也是閒著。黃毛你既然都知道了，就慢慢說給阿倫聽好了，也好讓他早一點知道社會是如何黑暗。阿倫呀，知人知面不知心，以後出社會呀，學聰明點。」

不僅僅是阿倫，連船老大都從駕駛室走出來，還主動搬出兩張小凳子，自己坐上一張，然後示意阿倫也坐在另一張上，一副小學生準備聆聽黃毛老師上課的樣子。

原來士官長、王國棟和翠涵三人從小在同一個眷村長大，王國棟和翠涵還有著遠房表兄妹的關係，後來翠涵懷了國棟的小孩，卻因此不被雙方家長認同。國棟要求翠涵把小孩拿掉，翠涵不從，轉而求助士官長，士官長將翠涵安排在鄉下一間助產士家裡待產，以便避開眷村鄉親的耳目。翠涵因難產且助產士處理不當，以至於小孩出生後缺氧而導致智力發展受損。翠涵和國棟的家人都不諒解，也不願承擔此事，士官長從此負起照顧翠涵和她小孩的責任。更離譜的是，王國棟在鄉親父老的資助下，遠走高飛去美國留學，回來卻已經跟別的女人結了婚，還生了兩個小孩。

黃毛故意簡單扼要、輕描淡寫的把故事說完，而阿倫也終於明白為何那天在鑽油平台上，士官長一看見王國棟就拿起扳手要衝過去K。

接下來的兩天，大家的話題幾乎都圍繞在士官長和翠涵兩人之間打轉，好排解無聊的等待時間，到最後大家已經聽過無數遍，聽膩了，卻換成士官長欲罷不能的強迫大家繼續聽。船老大只好走進船橋，把自己反鎖在裡面；黃毛假裝拿著聲納接收器，跑去船尾偵測黑盒子傳出來的訊號。只剩下阿倫這位忠實的聽眾，接受士官長一遍又一遍的愛情哲學的疲勞轟炸，只要阿倫不小心提到翠涵這兩個字，士官長馬上口沫橫飛的又說上兩個小時。每次阿倫受不了了就會問：

「好啦，所以你很愛翠涵啦！你什麼時候要娶人家呢？」

每次士官長就會板起臉孔說：

「我沒有要娶翠涵！我從來沒有這個念頭，只是真心的幫助她而已！」

然後，士官長一遍又一遍的愛情哲學的疲勞轟炸，從頭再開始一遍。

「左舷十點鐘方向有船隻出現！」

擴音器傳出駕駛室裡船老大的聲音，這聲音終於讓阿倫得以擺脫士官長。大家都跑到左舷去看來船是什麼船。船老大首先認出是一艘鏢旗魚漁船，因為很遠就可以看出船首處那特別醒目、朝船頭前方海面凸出的鏢旗魚專用塔台造型。這艘鏢旗魚漁船正全速前進，朝著本船而來。

「是強納森這個死老外！」

士官長認出船甲板鏢旗魚塔台上，一手抓著鏢塔的繩子穩住身體，一手舉起本來戴在頭上的美國西部牛仔寬邊帽不停揮動，隨著船隻在海面上破浪前進而上下左右搖擺，宛如美國牛仔騎著野馬、奔馳於西部草原上的人，正是強納森。

強納森在通過本船時，將船速慢下來，對著本船高喊：

「黃毛，Do you guys find the black box?」

黃毛搖頭表示沒有，士官長反問強納森：

「啊你有找到什麼死人骨頭嗎？」

本來是想調侃一下強納森的問話，沒想到這死老外卻認真的回答說：

「Yes, we found two dead bodies!」

然後得意洋洋的加上西部牛仔趕著牛群的叫聲：

「Hee——hah....」

黃毛看見來船甲板上，的確有擺放兩個鼓起的塑膠屍袋，旁邊還散亂堆放著一些顯然是從失事飛機處打撈上來的雜物，心想，強納森這傢伙還真是有備而來，連塑膠屍袋都預先準備好了。

隨著強納森的吼叫聲，旗魚船加速通過、遠離本船。士官長也不甘示弱的拿著大聲公對著來船船尾，大聲的飆罵：

「強納森！你這個喪盡天良的死老外，賺死人錢的你會不得好死，發國難財的你會亡國亡種，閤羅王在等你啦！」

「好啦！打撈屍體還給家屬也算是在做功德，士官長你也別對強納森那麼苛薄了。開心點！我們就快要可以見到健福，他應該在國興一號上學到很多新技術。阿倫呀，你也可以藉此機會上國興一號，讓健福帶你去瞧一瞧側掃聲納魚雷和水下機械車長什麼樣子。」

「黃毛，只要可以不再聽士官長講翠涵的事，要我做什麼都願意！」

一聽到阿倫提起翠涵這兩個字，士官長就把強納森這外國人給拋諸腦後，又從頭開始向大家做愛情哲學的洗腦。船老大趕緊躲回駕駛室，黃毛也去船尾檢視聲納，剩下阿倫無奈的被士官長抓著不放。

□

好不容易在海上熬過了兩天，國興一號終於出現在海平線上。船老大主動把本船靠過去，健福出現在國興一號的甲板上，很興奮的揮動著雙手，迎接黃毛、士官長和阿倫三人登上國興一號。甲板上另外出現一列六七個穿著整齊白色工作服的新加坡人，健福親切的為大家介紹：

「這位是 diving supervisor，這位是 medical superintendant，這位是 diving master，這位是 gas analyzer and senior diver，這位是 chamber operator and senior diver，這兩位是 tenders and junior divers，我是這個潛水團隊裡最資淺的 tender and baby diver。」

雖然是初次見面，黃毛已經打從心裡暗自佩服起這個潛水團隊，一一和對方握手致意之後，主動向 diving supervisor 說明：

「我們已經在這個海域兩天，不斷利用船老大船上的漁探機作為聲納，接收從黑盒子發出的訊號。黑盒子的訊號頻率是 800Hz，每隔一分鐘發出三短促音再一長音。我們在訊號強烈處的海面上放置了幾個橘色標示浮標，訊號相對較弱處放置了幾個綠色標示浮標，希望這些浮標對你的團隊能有所幫助。」

「Yes, it would be very helpful for our team. Thank you.」

在 diving supervisor 的指揮下，國興一號開始了打撈黑盒子的作業。健福和這些新加坡潛水員展現出充分的紀律性與協調性，不一會兒，側掃聲納魚雷被裝置在國興一號船尾的 A 字型吊架上，diving master 操縱著控制按鈕，將側掃聲納魚雷緩慢的吊放進入海面，diving supervisor 指示國興一號的船長朝橘色標示浮標的海面緩慢前進。側掃聲納魚雷順利的拖行在國興一號的船尾，逐漸潛入海底。阿倫跑進控制室和 control room operator 一起觀看側掃聲納魚雷傳回到電腦螢幕上的影像，士官長則是忙著和健福一起充當 tender，轉動甲板上連接側掃聲納魚雷的臍帶轉盤，同時和健福愉快的聊起他以前隨著海軍軍艦執行敦睦航行、到過新加坡的經驗。

大約過了三十分鐘，國興一號拖行的側掃聲納魚雷已繞著黃毛所布放的橘色指示浮標的海域一圈。Control room operator 和阿倫從 control room 走出來，control room operator 手上拿著一整條長度超過五公尺的海底掃描圖的前端，阿倫拿著掃描圖的尾端跟在後面，還興奮的喊著：

「找到了、找到了！找到黑盒子了！」

Diving supervisor 接過 control room operator 的掃描圖，確認了判讀的正確性，然後拿出紙筆記下疑似黑盒子位置的經緯度與海底深度後，召集了他的潛水團隊並做簡報：

「疑似黑盒子位置的經緯度已經確定，就在國與一號現在抛錨位置的海底。水深六十三米，黑盒子在一段破損的機身裡，該機身被大約三米的砂土掩蓋。我計畫放水下機械車下去拍攝海底景象，並採取一些海底砂土的樣本上來，盡可能收集更多資訊後，再來決定打撈黑盒子的作業方法。」

Diving supervisor 再度指揮他的團隊，又過了大約三十分鐘，diving supervisor 看過 control room 的電視影像，確認了海底的狀況後，告訴 diving master 將水下機械車回收，然後再次召集了他的潛水團隊並做簡報：

「我們回收黑盒子的潛水計畫，是由潛水人員攜帶水底高壓空氣機，將疑似黑盒子位置的砂土沖開，直到隱藏黑盒子的機身完全裸露出來為止。然後我們再檢視機身的狀況，看是否有合適的出入孔道，可以讓潛水人員進入搜尋並回收黑盒子。由於潛水深度是六十三米，潛水人員必須採用水面臍帶供氣式的氦氧混合氣潛水技術，並且利用開放式潛水鐘作為進出與上升、下潛的傳輸交通工具，潛水員必須等潛水鐘到達海底，才可以從潛水鐘內潛游出來。

「由一位 senior diver 和一位 junior diver 組成 diving team。Senior diver 攜帶水底高壓空氣的噴嘴，對準隱藏黑盒子之處的砂土施放高壓空氣，讓高壓空氣的衝擊力將砂土沖開來。Junior diver 在 senior diver 的後面，協助 senior diver 移動水底高壓空氣的供氣管。每一組潛水人員的水下作業時間為十三分鐘，時間由水面上的 diving master 控制，時間一到就由 diving master 利用水面與水下通訊，告訴潛水人員上升。水面上的 tender 聽候 diving master 的指示，吊起潛水鐘，並回收水底高壓空氣噴嘴與供氣管。潛水鐘吊回到甲板後，潛水人員才可以出來，由 medical superintendant 和 tender 協助，以最快的速度進入減壓艙內進行潛水員減壓作業。同時，由另一位 senior diver 和另一位 junior diver 組成的 diving team number 2 完成 stand by，準備接替 diving team number 1，持續重複施放高壓空氣沖擊海底砂土的作業。」

聽完 diving supervisor 的簡報，整個 diving team 很迅速且很有秩序的忙碌起來。Medical superintendant 檢視他的醫藥與急救箱，diving master 進入 diving control room 測試通訊與 control 功能，gas analyzer 急忙調配氦氧混合氣的濃度比例，chamber operator 開始準備減壓艙的備便，兩位 junior divers 忙著做潛水硬式頭盔和潛水鐘的最後檢查與功能測試。健福這個最資淺的 baby diver 更是忙得滿頭大汗，一會兒搬動水面潛水供氣臍帶，一會兒搬動高壓空氣機、高壓空氣噴嘴與供氣臍帶，一會兒接下兩位 junior divers 檢視過的潛水硬式頭盔，放置在潛水準備台上擦拭乾淨，一會兒又將潛水鐘掛上吊桿，做準備吊放的最後功能檢查。

一切準備就緒，diving master 給了 diving supervisor 一個 OK 的手勢，diving supervisor 回給 diving master 一個 go ahead 的手勢。

Diving master 開始指揮：

「Diving team number 1, get set!」

Diving team number 1 的兩位 divers 即刻坐定在潛水台上，由 diving team number 2 的兩位 divers 將潛水硬式頭盔戴在 diving team number 1 的頭上。

「Air supply, checked!」

「Diver to diver, diver to surface communication, checked!」

「Diver's hard head neck seal lock on, checked!」

「Divers are ready, sir!」

Diving team number 2 的兩位 divers，替 diving team number 1 的硬式頭盔供氣閥、電話器和水密頸圈都設定好，並向 diving master 回報。

看著新加坡團隊的高昂士氣，黃毛再次體認拖鞋教授一再強調的覆誦制度的優點：避免錯誤、增加默契，和最重要的建立起團隊精神。

Diving master 再下令：

「Diving bell get set!」

這次輪到健福忙碌起來：

「Diving bell air supply, checked!

「Diving bell communication, checked!

「Diving bell umbilical, checked!

「Diving bell winch control, checked!

「Diving bell is ready, sir!」

黃毛看著健福很努力與專注的在做他身為團隊最資淺的 baby diver 最卑微瑣碎的工作——乍看之下

似乎純粹在出賣勞力，學不到任何技術能力的工作，但健福卻任勞任怨的保持著用心專注的態度，黃毛很是感動，回過頭對阿倫說：

「阿倫呀，你要好好向健福學習。你看他堂堂職業潛水訓練班訓練出來的、國家考試及格的潛水技術士，一點都不驕傲。在人家的屋簷下，他從最底層幹起，不卑不亢的態度，不苟且、不偷懶的精神，值得我們尊敬與學習。健福有朝一日一定會成為台灣潛水界的頂尖人物。」

Diving master 再下令：

「Divers! On your mark!」

兩位坐定在潛水台上的 divers，由 diving team number 2 的兩位 divers 協助，起身走入 diving bell，從硬式頭盔內的電話器大聲回報：

「Divers ready, sir!」

Diving master 再下指示：

「Diving bell release!」

健福按下絞纜機的控制鈕，潛水鐘從吊桿上緩慢的降下。健福一邊控制潛水鐘下降的速度，並保持它最小的搖晃程度，一邊觀察離水面的距離，回報說：

「Diving bell touched the water!

「Diving bell one meter underwater!

「Two meters! Three meters!...Ten meters.」

Diving master 再下令：

「Divers please report.」

控制室傳出海面下潛水人員的回報聲音：

「Divers report, divers at 10 meters, air supply ok, life support system normal, visibility 20 meters, over.」

Diving master 再下指示：

「Thank you divers, bell continue downward!」

健福持續回報：

「15 meters, 20 meters...50 meters, 55 meters....」

控制室再次傳出潛水人員的回報聲音：

「Divers report, bottom in sight.」

Diving master 再下指示：

「Bell winch slow and easy!」

健福將絞纜機速度放慢並回報：

「Bell winch slow and easy, sir!

「58 meters, 59 meters, 60 meters....」

潛水人員再回報：

「3 meters to touch down, 2 meters, 1 meter, bell touched down!」

Diving master 再下指示：

「Bell touched down, stop the winch, divers please report!」

潛水人員回報：

「Divers report, depth 63 meters, air supply ok, bell ok. Ready for excursion!」

Diving master 再下指示：

「Divers ok for excursion, good luck divers!」

潛水人員回報：

「Diver one leaving bell.」

「Diver two leaving bell.」

「Diver one holding air nozzle.」

「Diver one on the spot, ready to do the job. Power on please!」

Diving master 再下指示：

「Control room, power on! Diver one, you got power!」

潛水人員回報：

「Diver confirm, I got power!」

黃毛一邊看著新加坡人的專注與敬業，專業與默契，心裡無限感慨的對士官長說：

「士官長，若我們也有這套裝備、我們的團隊也有這種默契，就不會失去阿森了！」

不一會兒，diving master 再下指示：

「13 minutes bottom time is up, divers return to bell, tenders winch up the bell....

「...tenders ready to pick up divers, decompression chamber stand by....」

潛水員一出水面，旁邊的 tender 馬上跑過去卸下他的頭盔、解下他的備用氣瓶、脫去他的蛙鞋、帶他進入減壓艙。減壓艙迅速關閉艙門並開始加壓，為潛水員實施減壓治療的作業手續，而 medical superintendant 更是全程觀察潛水員出水面後的所有舉動，並記錄下在減壓艙內的心肺功能指數。

黃毛看見新加坡人如此重視潛水員的健康與福利，居然在潛水團隊裡專門配置一位隨隊的醫護人員。在作業現場直接執行潛水減壓的醫護行為，這在目前台灣的潛水界是不可思議的一件事，怪不得台灣那麼多潛水人員得了潛水病，怪不得台灣的潛水行業在世界上聲名狼藉，怪不得台灣的潛水工程到處找不到保險公司願意承保。

整個潛水團隊的最高負責人 diving supervisor，除了一開始時集合團隊做簡報，然後給了 diving master 一個 go ahead 的指令之外，幾乎成了局外人似的，只在旁邊觀察。但黃毛看出來 diving supervisor 其實擔負最大的責任壓力，他正在做充分的授權，他正在培養他團隊隊員的自主判斷能力，他的經驗正在考驗他能否容許他的隊友做出限度內的錯誤嘗試，而能從錯誤中學到最寶貴的經驗，且這個錯誤不會危及到大家的安全與任務之達成。這不是一般人的智慧與膽識所做得出來的決斷，親和力與領導力更是 diving supervisor 與生俱來的特質。

Diving team number 2 已經坐在潛水台上 stand by，準備接續 diving team number 1 的下潛作業。

黃毛這時候走近 diving supervisor 的身邊，先很禮貌的說一聲「Sir」，然後說：

「我剛才算了一下，你的第一組潛水人員的水下作業時間，大約花了二十分鐘，但上來後的減壓作業時間需要四十分鐘。你的第二組潛水作業人員必須等第一組減壓完畢才能下潛，這樣就等於是每六十分鐘才能下水一次。若能增加一組潛水人員，就可以剛好每二十分鐘有一組下水、一組 stand by、一組減壓，這樣每六十分鐘就可以有三組輪替，增加三倍的效率，節省三倍的時間。」

Diving supervisor 回答說：

「黃毛先生，我只有兩組 diving teams。」

「Sir，這就是我想冒昧向你提出的建議。如果你可以讓我和健福組成 diver team number 3，健福原本 tender 的工作可由士官長接替，這樣你就可以有三組潛水人員，將潛水作業效率提高為三倍。」

黃毛這突然的提案，顯然超出 diving supervisor 的預料，他低頭沉思了許久，然後說：

「讓我和 diving master 討論評估一下，再回答你！」

Diving supervisor 叫來 diving master，兩人先私下討論了一會兒，最後 diving supervisor 再把黃毛叫過去，說：

「黃毛，潛水團隊突然使用新手，會有溝通不良、協調不夠與默契不足的缺點。本來是應該避免的，但是湧興陳老闆曾經說明，這趟任務我可以和你合作，你的老師拖鞋也曾經轉交你的訓練成績報告給我看過，拖鞋對你很是稱讚。我剛才和 diving master 討論的結果是肯定你的提議，所以……歡迎你的加入！」

Diving supervisor 的這段話，讓黃毛對他更是敬佩，向 diving supervisor 和 diving master 說了聲謝謝後，即刻轉身快步去找健福和士官長。Diving master 的動作更快，馬上向全場的 diving team 指示：

「Diving team number 3，黃毛 and 健福 get ready and report to diving platform, and stand by! Tender 士官長 get ready and report to the winch control station, and stand by!」

健福驚異的眼光先是投向 diving master，再投向朝他快步跑來的黃毛，馬上會意出來他已經從 tender and baby diver 調升為 junior diver，現在必須做潛水的準備。這是他搭上國興一號一個多月以來，第一次有下水表現的機會。機靈的他馬上脫下他的工作服、換上潛水衣，倒是士官長還反應不過來，等黃毛來到身邊了還傻傻的問：

「呀現在是什麼狀況？那新加坡人是在吼什麼？」

黃毛趕緊說：

「上工了！你去接替健福做控制潛水鐘吊放的工作，我和健福要準備接替下一組的潛水作業了！」

士官長張大了嘴巴，不但沒有辦法發出任何聲音，連下巴都無法再收回去，兩隻腳還釘在甲板上。阿倫趕緊跑過來，雙手拉動士官長說：

「走吧！我協助你，我是你的 assistant tender ！」

6

時間、地點、服裝儀容與注意事項

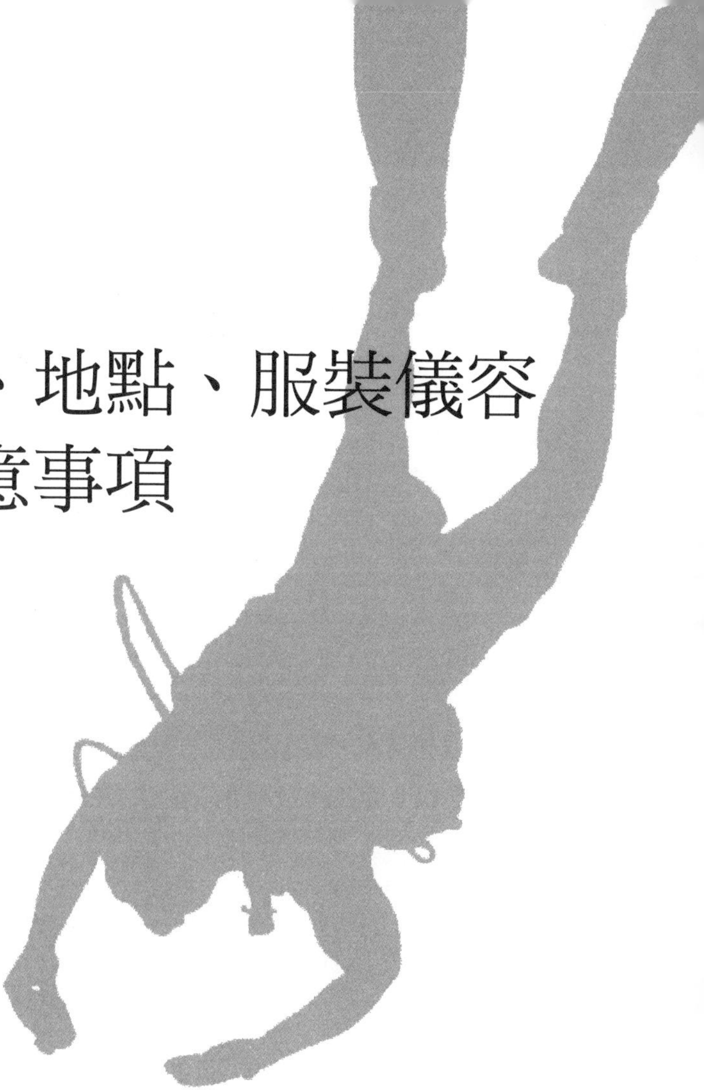

由黃毛與健福組成的 diving team number 3 協助坐定在潛水台上的 diving team number 2，將潛水硬式頭盔戴在 diving team number 2 的頭上，再仔細的一邊將硬式頭盔供氣閥、電話器和水密頸圈都設定好，健福一邊很有精神的向 diving master 回報：

「Air supply, checked!

「Diver to diver, diver to surface communication, checked!

「Diver's hard head neck seal lock on, checked!

「Divers are ready, sir!」

Diving master 再下令：

「Diving bell get set!」

士官長也不含糊，憑著多年海軍軍艦上的經驗，一下子就搞懂了潛水鐘的操縱方法，但用他習慣的海軍術語回報：

「潛水鐘供氣系統正常！」

「潛水鐘通訊系統正常！」

「潛水鐘維生系統正常！」

「潛水鐘絞纜機系統正常！」

「潛水鐘完成備便，sir！」

黃毛雖然忙著在做他 stand-by diver 該有的動作，仍然不忘觀察士官長的動作，然後他也注意到了

diving master 向 diving supervisor 做了一個握拳大拇指朝上的手勢，而 diving supervisor 也回給 diving master 一個 OK 的手勢，顯然黃毛、健福和士官長已通過考驗，獲得 diving supervisor 和 diving master 的信任，正式融入這個潛水團隊了。

□

三個小時過去，三組潛水人員也都各自做了三次輪替，海底下本來掩蓋住機身殘骸與黑盒子的三米高砂土已被沖開，diving supervisor 再次召集大家做簡報：

「我們現在遭遇的問題是機身殘骸的進出口太小，水下機械車無法進入機身內部夾取黑盒子。解決的方法有兩種，一種是水底切割法，就是派潛水夫下去，利用水下乙炔切割火把，將機身切割出一個足夠讓潛水夫或水下機械車進出的大洞，但這種方法需要很久的作業時間。另一種是水底爆破法，就是派潛水夫下去埋設炸藥，引爆機身，因為黑盒子本身受堅固的鋼製外殼保護，不會受到爆炸的影響，但這種方法恐怕會引起砂石再度崩落，掩蓋破碎的機身，這樣我們就必須再進行一次沖開砂土的作業，才能找到黑盒子……大家有什麼其他的建議嗎？」

「Sir，我可以建議第三種方法嗎？」

「Yes，黃毛，請說。」

「把整個機身吊上來！」

黃毛這個建議太妙了！Diving supervisor 因為太專注思考如何進入機身的方法，而忘了以國興一號這麼大的船隻要把整段機身吊上來，應該是沒有問題的。黃毛的建議讓 diving supervisor 從牛角尖裡鑽出來，豁然開朗的思緒開始和黃毛的建議連結：

「本船吊放潛水鐘的絞纜機可以荷重五十噸，潛水鐘本身的重量大約是二十噸。若機身沒有超過三十噸，我們可以派潛水夫下去，用繩索將機身固定在潛水鐘下方，然後一起吊出水面。」

「若機身重量超過三十噸，潛水員還可以利用充氣浮力袋來增加浮力！」

「OK！黃毛，我認為你的提議可行。我們就採用你的方法，你和健福可以擔當這次的潛水人員嗎？」

「可以。」

「Ok, thanks. Diving master, let us get ready.」

□

士官長按下絞纜機的控制鈕，載著黃毛與健福的潛水鐘開始從吊桿上緩慢降下。士官長控制潛水鐘下降的速度，保持它最小的搖晃程度。阿倫觀察離水面的距離，大聲回報給 diving master：

「Diving bell touched the water!

「Diving bell one meter underwater!

「Two meters! Three meters!...Ten meters.」

Diving master 再下令：

「Divers please report!」

控制室傳出健福的回報聲音：

「Divers report, divers at 10 meters, air supply ok, life support system normal, visibility 20 meters, over.」

Diving master 再下指示：

「Thank you divers, bell continue downward!」

阿倫回報：

「15 meters, 20 meters...50 meters, 55 meters....」

控制室再次傳出健福的回報聲音：

「Divers report, bottom in sight.」

Diving master 再下指示：

「Bell winch slow and easy!」

士官長將絞纜機速度放慢，阿倫回報：

「Bell winch slow and easy, sir!

「58 meters, 59 meters, 60 meters....」

健福再次回報：

「3 meters to touch down, 2 meters, 1 meter, bell touched down!」

Diving master 再下指示：

「Bell touched down, stop the winch, divers please report!」

健福再次回報：

「健福 report, depth 63 meters, air supply ok, bell ok, ready for excursion!」

Diving master 再下指示：

「Divers ok for excursion, good luck divers!」

Divers 回報：

「健福 leaving bell.」

「黃毛 leaving bell.」

「健福 holding straps.」

健福將繩索一端交給黃毛，自己手持另一端，繞過機身的底部，再回到黃毛旁邊。兩人各持繩索的一端，潛游到潛水鐘下方，利用繩索端點上的 D 型快扣扣在潛水鐘的底部吊眼上。

「Straps secured!」

Diving master 再下指示：

「士官長、阿倫，winch up！」

阿倫回報：

「Winch up, sir....」

士官長連續啟動幾次絞纜機，但纜繩每次都在五十五米處就無法再上升，最後絞纜機的電動馬達因為負荷太大、過熱而冒出煙來。士官長向阿倫搖頭，阿倫回報：

「Winch maximum load, bell stops at 55 meters, sir!」

Diving master 再向 divers 下指示：

「Winch failed, divers apply lift bag!」

健福回答：

「Apply lift bag, understood, over!」

健福和黃毛各自攜帶一個浮力袋，將浮力袋掛在潛水鐘頂部的吊眼上，再施放身上所背的預備氣瓶內的空氣進入浮力袋內。浮力袋向上浮起，拉緊下方的潛水鐘，潛水鐘再拉緊下方的機身。浮力袋、潛水鐘和機身三者呈拉緊的一直線。

健福回答：

「Lift bag secured, over!」

Diving master 再下指示：

「士官長、阿倫，one more time, winch up!」

阿倫回答：

「Winch up, sir. 55 meters...55 meters...55 meters!」

士官長再次啟動絞纜機，但還是停在五十五米處，纜繩就無法再上升。士官長向阿倫搖頭，阿倫回報：

「Winch maximum load, bell stops at 55 meters, sir!」

Diving master 無奈之下只好再下指示：

「士官長、阿倫，winch down!」

阿倫回答：

「Winch down sir. 55 meters...55 meters...55 meters!」

因為浮力袋的浮力太大，拉住了潛水鐘，就算士官長將纜繩放鬆，潛水鐘仍停留在五十五米上下都被拉緊的狀態。

現在 diving master 陷入極端困難的抉擇。浮力袋、潛水鐘和機身三者呈拉緊的一直線狀況下，潛水夫無法解開繩索；也不可以貿然切斷浮力袋的繩索，這會造成潛水鐘突然被底部機身的重量給拉下；更不可以貿然切斷連接機身的繩索，這會造成潛水鐘突然被頂部浮力袋的浮力給拉上。而潛水夫的 bottom time 只剩下五分鐘……

Diving master 似乎黔驢技窮了，他轉向 diving supervisor 求助：

「Should I call back the divers and leave the bell?」

Diving master 請示 diving supervisor 是否可以做出召回潛水員、留潛水鐘在海底的決定。在緊急情況下，潛水員的安全絕對是優先考量，這個決定意味著健福和黃毛不能再依賴潛水鐘，必須利用身上的預備氣瓶來呼吸，並且靠自己從五十五米深的海底游出海面。現在就看 diving supervisor 如何決定了。

Diving supervisor 接過 diving master 手中的通話器，打開和水中潛水員的通話頻道，說：

「This is diving supervisor speaking. 黃毛 and 健福 please go down and rock the aircraft!」

Diving supervisor 在危急中做出冷靜的判斷。他認為絞纜機無法往上拉的原因是機身底部陷入泥土內，當絞纜機向上拉動機身時，機身底部形成一中空的真空空間，造成極大的負壓吸力，因此就算是一部可以拉動五十噸負荷的絞纜機，也拉不出陷在底部呈真空狀態的機身。若潛水夫搖晃機身，讓泥土鬆動，海水滲入機身底部，就能排開真空狀態，解除那極大的真空負壓吸力，那麼機身就可以輕易的被絞纜機拉上來。這個道理黃毛也懂，於是他回答：

「Divers understood. Go and rock the aircraft.

「Rocking...rocking,....

「Rocking, winch pull up please!」

Diving supervisor 向黃毛回覆說：

「Winch pulling up, divers be careful!」

再轉向士官長說：

「士官長，easy pull。」

士官長輕按絞纜機的控制鈕，保持一按、一放、一按、一放的方式。

水底再次傳來黃毛的聲音：

「Water starts to flow in.

「Rocking, water flow in, water flow in, aircraft moving….」

Diving supervisor 突然大聲喊出：

「Stop the winch!!」

士官長機警的停住絞纜機，但已經太遲了。絞纜機在瞬間已經將潛水鐘拉上了好幾米。士官長穩住絞纜機，阿倫感覺出絞纜機雖然已經停住，但纜繩卻越來越鬆，趕緊向 diving supervisor 報告：

「Winch stopped at 45 meters, but the bell keeps coming up!!」

在水底下，因為機身瞬間的移動，導致大量海水迅速流入機身下方，將原本的真空地帶填滿。真空負壓一解除，機身整個被絞纜機拉出海底，這樣一來又造成更多的海水與泥土流入原本機身的位置。上方因真空負壓力消失後平衡狀態被破壞，只剩下絞纜機極大的拉力，一下子就將整個機身和潛水鐘都給抬上去。潛水鐘一上升，潛水鐘上方的浮力袋因上升而周遭水壓力變小，浮力袋氣體更膨脹；浮力袋越膨脹、浮力越大，向上的拉力就越大。整條綳緊的浮力袋、潛水鐘和機身，現在不用靠絞纜機拉就能夠自己緩慢上升，而且上升速度會越變越快。

而健福在海水傾入機身下方時，整個人連同海水被吸入機身下方，被接連不斷湧入的泥沙埋入，只剩一個頭露出泥土外，頭上的硬式頭盔整個被潛水鐘上升時莫大的拉力扯開，他已經失去呼吸系統、失去自由移動的能力。黃毛頭上的硬式頭盔還在，但頭盔上的臍帶一直被潛水鐘往上牽引，眼看整個人就要隨著臍帶被拉上去了。黃毛做出最後的報告：

「健福 in trouble，黃毛 leave the bell, over and out!」

黃毛拔除硬式頭盔上的臍帶，將身上背的備用氣瓶的接頭接上頭盔進氣口，呼吸兩次，確定自己的供氣正常，接著俯身向下、踢動兩腳蛙鞋，來到健福身邊，取下身上備用氣瓶上的備用呼吸嘴，塞入健福的嘴巴。健福深呼吸一次、深呼吸兩次，黃毛在健福眼前比出 OK 手勢，健福因為沒有面鏡，眼前只有模糊的景象，但他知道黃毛在向他詢問：

（Are you ok?）

因為雙手都被埋入砂裡無法動彈，健福用力眨了一下眼睛，用眨眼回答黃毛：

（I am ok!）

水面上，diving supervisor 發出緊急救助動員令：

「Mayday! Mayday! All divers stand-by! Prepare to do rescue dive! Repeat, rescue dive! Rescue dive!」

Diving team 1 和 diving team 2 總共四位潛水員，即刻穿上自己的水肺潛水裝備，在船舷邊待命。

Diving supervisor 向大家簡報：

「黃毛 and 健福 at ocean bottom, condition unknown. It is very urgent, find them and bring them up. Go!」

「Diving master prepare decompression chamber, medical superintendant prepare first aid kit and CPR equipment, 士官長 and 阿倫 stand-by on deck.」

□

海底下，黃毛兩手拚命挖開健福周邊的泥沙，再嘗試兩手用力將健福拉出來。每隔二十秒不忘再將呼吸嘴塞入健福的嘴巴，讓他呼吸兩次，但泥沙不斷回填健福的身邊，黃毛不斷的重複挖、拉、讓健福呼吸的動作。但這次健福眼睛眨了兩下，不願再張開口，黃毛用力要將呼吸嘴塞進健福嘴裡，健福索性兩眼一閉、把頭一低，再也不理會黃毛。

健福心裡明白，黃毛的備用空氣已快用完了，再這樣下去兩人都無法離開海底，必須做出強迫黃毛離開他的手段。

黃毛將自己頭上的硬式頭盔卸下來，放置在健福頭上，鎖緊頭盔的頸部防水圈，通氣閥開關轉至最大。空氣流入頭盔內，將裡頭的海水排出去，現在健福不想呼吸都不成。健福打開雙眼、張開嘴巴，大聲的喊，聲音從頭盔內傳出來：

「黃毛，可以了！我沒問題了，你趕快游上去！游上去！你可以做到的，游上去！」

是的，該做的、能做的，黃毛都已經做了。現在的黃毛必須丟下他的潛水夥伴健福，浮出水面求援，丟下健福是正確的抉擇。但上一次黃毛就是這樣失去了他的潛水夥伴阿森，再上一次黃毛就是這樣失去了他的潛水夥伴阿凱；這一次如果他再這樣做，就會再失去他的夥伴健福。

潛水守則第一條「潛水夥伴制度」，除非是去求援，在任何情況下都不可以離開你的潛水夥伴。

這一次，黃毛選擇了不離開他的潛水夥伴、不游上去求援。黃毛將備用氣瓶的呼吸嘴塞入自己的嘴巴，深呼吸一口氣、深呼吸兩口氣，向健福比出 OK 訊號：

（**I am ok.**）

再比出左右手兩隻大拇指互相對看的手勢：

（**You and I breathe together!**）

健福在頭盔裡不斷的喊：

「游上去、游上去、游上去！」

黃毛還是比出左右手兩隻大拇指互相對看的手勢：

（**You and I breathe together!**）

然後對著健福露出微笑。深呼吸一口氣，但呼吸嘴似乎沒有多少空氣流出來；深呼吸兩口氣，呼吸嘴似乎已經沒有空氣流出來……呼吸嘴從黃毛的嘴中滑落……

黃毛感覺到有人在拍他的右肩膀，向右轉頭過去看，是阿森來了！黃毛用手拍健福頭盔前的面鏡，示意他：

（健福，醒一醒！阿森來救我們了！）

黃毛再感覺到有人在拍他的左肩膀，向左轉頭過去看，是阿凱來了！黃毛用手拍健福頭盔前的面鏡，示意他：

（健福，醒一醒！阿凱來救我們了！）

在阿森和阿凱的後面，好像又來了很多人！

黃毛用手拍健福頭盔前的面鏡，示意他：

（健福……你醒了嗎？大家……都來救我們了！……）

□

海面上，diving supervisor 終於看見兩位 rescue divers 將黃毛帶出海面，另外兩位 rescue divers 也帶著健福隨後浮出海面，於是下指示說：

「CPR! Oxygen! First aid kit! Blanket!」

Medical superintendant 接過健福，檢視一下狀況，說：

「Unconscious, no breath, no pulse, apply CPR, one-one thousand, two-one thousand, three-one thousand....」

Diving master 接過黃毛，檢視一下狀況，說：

「Unconscious, have breathes, have pulses, apply oxygen treatment....」

…………

□

黃毛逐漸甦醒過來，發現自己躺在擔架上，旁邊坐著 diving master，正微笑著問他說：

「How do you feel?」

「I feel fine. Where is 健福？」

Diving master 指了一下另一邊的擔架，擔架上正是躺著健福，健福旁邊也正坐著 medical superintendant。黃毛終於明白過來，這裡是減壓艙內部，他和健福正在做減壓治療，而 diving master 和 medical superintendant 是陪伴他和健福的艙內陪壓與觀察治療人員。

「What happened?」

「You and 健福 passed out, we came in time and pull you out.」

「Is 健福 going to be ok?」

「Yes, he will be fine. He needs to stay in the chamber for treatment.」

「Can I leave the chamber now?」

Diving master 點了一下頭，起身對著對講機說：

「黃毛 and I leave the chamber.」

減壓艙雙層門的內層門打開，黃毛和 diving master 起身走出減壓艙，黃毛沒有忘記在內層門關閉前回頭向 medical superintendant 致謝：

「Thank you for saving 健福 and me.」

Medical superintendant 禮貌的起身說：

「You are most welcome.」

內層門再度關閉，外層門打開，黃毛和 diving master 走出了減壓艙。Diving supervisor 和阿倫在艙門口迎接黃毛走出來。Diving supervisor 說：

「Welcome back and thank you for helping us complete the mission.」

黃毛點了一下頭後，目光投向阿倫。

阿倫說：

「你和健福在海底因為缺氧而昏迷。潛水員把你們拉出水面後，你已失去知覺，健福更嚴重，連呼吸和心跳都停了。Medical superintendant 對健福做心肺復甦術，diving master 對你做了呼吸純氧治療，然後把你們關進減壓艙治療了好久。Diving supervisor 說你已完全復原，但健福還必須待在減壓艙內再治療一段時間才可以出來。」

「士官長呢？」

「回到船老大船上了，他正在和船老大檢視飛機殘骸和黑盒子。Diving supervisor 叫士官長把飛機殘骸和黑盒子載去新竹，交給湧興陳老闆。國興一號這次任務結束了，他們要馬上前往泰國去做打撈古代沉船的海下考古工作。」

黃毛環視甲板上的新加坡潛水團隊人員，這真是一支最專業、最有紀律、最有效率、最有團隊精神的潛水隊伍，要不然他和健福今日不可能活著離開海底。

黃毛一一和大家握手道別後，目光投向減壓艙。減壓艙的窗口處出現健福燦爛的笑容，黃毛向他揮手並說：

「保重了！健福，the baby diver。」

旁邊的 diving supervisor 說：

「健福 is a junior diver now!」

健福應該是沒有聽到兩人的對話，但又好像是有聽到似的，因為他的臉比剛才笑得更燦爛。

□

船老大終於把船駛入新竹南寮漁港，黃毛、士官長、阿倫和船老大話別後走下船。黃毛走在前頭，士官長和阿倫一左一右跟在後面，分別提著黑盒子的左右握把。湧興陳老闆在碼頭迎接他們，陳老闆旁邊站著拖鞋教授，兩側擠滿記者和官員，鎂光燈不停閃爍。黃毛似乎聽到有記者竊竊私語的問：

「不是叫做黑盒子嗎？怎麼拿回來的是橘紅色的箱子呢？」

只有像黃毛這樣實際到水下去尋找它的人才了解，橘紅色是在海底和海水呈現出最強對比、突出、鮮明的顏色。因為裡面記載的資訊對社會大眾來說是黑幕重重，所以叫做黑盒子。

這場鬧劇，歷經華龍二少爺與原住民的玩命賭錢、休閒潛水人員與媒體記者的海上嘉年華、海軍救難大隊的海上校閱後，終於由國興一號上的新加坡人完成任務。

黃毛眼前彷彿又看見阿森、阿凱。要是我們的潛水制度像新加坡團隊一樣上軌道，原住民不會失去他的三個兄弟，阿凱、阿森和很多第一屆潛水技術訓練班畢業的同學夥伴也不會在海底失蹤。

陳老闆和黃毛握手，說：

「辛苦了，晚上我給大家洗塵！」

黃毛說：

「謝謝陳老闆，拖鞋也會來嗎？」

陳老闆轉向拖鞋說：

「請務必賞光。」

拖鞋說：

「時間？地點？服裝儀容？注意事項？」

陳老闆說：

「時間七點，地點基隆阿貴海產，服裝儀容隨便，注意事項沒有。」

這是陳老闆、拖鞋、黃毛三人一見面的老套對話了。三人此時笑得很開心，早就把身旁一堆新聞記者和官員的事給忘得乾乾淨淨。

7
原住民回山上

阿貴海產店今晚生意特別好。阿貴忙進忙出招呼客人，一直到晚上十點鐘，大部分的客人都已散去，才終於有空閒坐下來和大家喝一杯。現場除了黃毛和拖鞋教授兩人保持著冷靜、還坐在椅子上之外，陳老闆、黑皮、士官長、阿文和強納森都已經嗨到站起來，到處找人敬酒。尤其是士官長，已經有幾分醉意，右手持啤酒杯斟滿了高粱酒、左手持高粱杯斟滿了啤酒，拉著阿文說：

「一杯高粱、一杯啤酒，讓你先選！」

阿文選了斟滿啤酒的高粱杯，說：

「這杯高粱我喝了！」

「阿文，有種！這杯啤酒我代替阿森乾了！」

士官長把整杯高粱喝了一大半，才覺得不太對勁。阿文把士官長手中的杯子搶過去，說：

「既然是阿森的酒，剩下的我喝了！」

陳老闆在旁邊一聽是阿森的酒，拿起湯匙敲阿文的啤酒杯，啤酒杯發出清脆聲響，大家的喧鬧暫時停止下來。陳老闆說：

「阿森的酒，我們大家都要喝一杯！」

連黃毛和拖鞋此時都從椅子上站起來，大家都把手中杯子斟滿，陳老闆再一吼：

「乾了！」

大家都面對著阿文，把酒杯一乾而盡。阿文強忍著心裡的激動，說：

「我代表阿森、阿森嫂，向大家致謝！本來應該是大恩不言謝的，但是這一陣子大家都在忙，而大家又都是為善不欲人知，默默的在幫助我們這家人，所以就讓我藉今天這個機會一吐為快吧！首先我要感謝陳老闆，他把公司打撈黑盒子所賺的一百萬都捐出來給阿森；再來要感謝拖鞋老師的努力奔走，讓保險公司最後終於同意給付阿森的意外事件保險金一百萬，也讓石油公司同意以優良承包商的名義，發給阿森五十萬獎勵金；黃毛也把他打撈黑盒子的獎金二十萬捐出來；黑皮把他這個月辛苦在基隆港做水下電焊工作賺的十萬塊捐出來；阿貴同樣捐出他和阿貴嫂兩人辛苦經營海產店賺的十萬塊，連強納森這個外國人都把他在我國第一次賺到的錢捐出來……」

「等一下、等一下！我怎麼都不知道這些事？你們這些酒肉朋友真不夠意思，捐錢給阿森也不通知我一聲。我打撈黑盒子也收到獎金二十萬，我也全部捐出來給阿森和阿森嫂！」

士官長聽阿文唸了半天，每一個人都唸到了，就是獨漏他，氣急敗壞的從口袋掏出一疊鈔票要塞給阿文。阿文說：

「不行！你這筆錢要給翠涵。」

沒想到錢沒塞成，還被阿文當著大家的面說出翠涵這樁祕密，這下子士官長真的惱羞成怒，欲蓋彌彰的說：

「什麼翠涵？誰是翠涵？是誰告訴你翠涵的事？」

阿文向右一指，指著阿貴說：

「是阿貴告訴我的。」

阿貴向右一指，指著黑皮說：

「是黑皮告訴我的。」

黑皮向右一指，指著強納森說：

「是強納森告訴我的。」

強納森向右一指，右邊已經沒有站人，只好說：

「是船老大告訴我的。」

「是誰告訴船老大的？」

「是你自己告訴船老大的。」

繞了一圈，繞回到士官長自己這張大嘴巴。

「好！是我大嘴巴，我自己說的！那現在是不是全國同胞都知道了？」

大家都很識相的不再答話，只想把話題再轉回到正題上，但少了一根筋的強納森卻接著士官長的話，說：

「應該是！因為連我這個外國人都知道翠涵是你的女朋友，就好像說，大家也都知道鄭太太是我的女朋友一樣！」

強納森自以為是的邏輯越扯越遠，還扯出一位鄭太太來和翠涵相提並論。這下子士官長醉意全消，火氣全冒到頭頂，說：

「什麼鄭太太？哪來的鄭太太？所謂太太就是別人的老婆，怎麼會是你的女朋友？你們外國人都是這樣亂來的喔！」

「我沒有亂來，是鄭先生叫鄭太太來找我的。」

「鄭先生叫鄭太太來找你？強納森！你皮在癢，欠揍是不是？」

眼看場面就要失控了，陳老闆再拿起湯匙敲阿文手中的杯子，清脆的聲響暫時穩住士官長的火氣。

「本公司的國興一號可以順利找到黑盒子，要歸功於黃毛。阿森是黃毛的潛水夥伴，是我們大家的潛水夥伴。潛水守則第一條，潛水夥伴制度：在任何情況之下，都不可以拋棄你的潛水夥伴。我們今天弟兄聚在一起，要跟我們的潛水夥伴阿森說：就算是你死了，我們都不會拋棄你！」

陳老闆用他那獨特的低沉、沙啞、滄桑的聲音說出這一段話，終於讓阿文紅了眼眶。

大家沉默了一會兒，士官長又試著要把手中那一疊鈔票塞入阿文手中。兩人堅持不下，拖鞋教授終於開口：

「士官長，這筆錢先讓我保管如何？我想成立一個基金會，職業潛水人員專屬的急難救助基金會，就用你這筆錢開始拋磚引玉。以後加入這個基金會的成員，都必須繳出百分之十五的收入，做為急難救助的互助金，如何？」

拖鞋不開口則已，一開口就欲罷不能的一直說下去：

「以後，也想成立一個潛水職業工會來保障大家的安全與福利。若我們有一個工會，以後無論要代表大家向政府當局建言，向國營事業交涉，向保險公司要保，向國際接軌，都會有一個正式的管道。否則像這次阿森事件，要不是動用了陳老闆很多私人的關係，保險公司根本就有恃無恐、不願意理賠；石油公司更是想反悔當初的承諾，要不是黃毛有先見之明，把阿森找到的那個該死的鑽頭藏起來，來作為和石油公司談判的籌碼，石油公司怎麼會發給所謂的獎勵金，來掩蓋由於他們犯的錯誤所應該付給阿森的賠償金。」

大家都靜下來聆聽拖鞋的說明，尤其是黑皮，聽得最心有戚戚焉。黑皮頗有感觸的說：

「我最近在基隆港做水下電焊工作，就有很深的體會。碼頭搬運工人有工會，卡車司機有工會，連掃地的歐巴桑都有專屬的清潔工會。這些工會都會替他們的會員向港務局提出福利措施與安全保障，只有我這個孤伶伶的潛水員，泡在水底下，就算是被汙水燻死了，都沒有人關心。」

阿貴也接著說：

「是呀！我做餐廳的也要加入餐飲業公會、廚師工會等等的。厚！不過啊，想不到黃毛還有把鑽頭藏起來這一招。咦，黃毛你好像還藏了另一樣東西唷？阿倫呢？你把阿倫藏在哪裡，怎麼沒有看見阿倫？」

黃毛將手指向門口，阿倫這時正好出現。

「我一直都在門外，黃毛說我不可以喝酒，所以要等大家喝完酒才可以進來。」

阿倫邊說邊向拖鞋鞠躬致意，好像剛才那句話是特別說給拖鞋聽的。

黃毛起身讓出自己的椅子，示意陳老闆坐下來，自己則走到阿倫身邊，也學陳老闆拿起湯匙敲酒杯，希望大家注意一下他的發言：

「我弟弟阿倫今天剛參加第二屆職業潛水訓練班的入學考試，剛才拖鞋老師偷偷告訴我，說阿倫已經錄取了，下週就要去受訓，正式成為我們的學弟。」

現場爆出歡迎的掌聲。很久沒機會說話的士官長，終於又逮到機會說：

「那學弟過來！坐在學長旁邊，學長教你喝酒。」

阿倫看著黃毛，黃毛說：

「好吧！阿倫，不過第一杯先過來敬你的老師！」

黃毛和阿倫恭恭敬敬的和拖鞋喝了第一杯，黃毛再帶著阿倫依序和陳老闆、阿貴、阿文、黑皮、強納森逐一致意。士官長迫不及待的一把搶過阿倫，說：

「行了、行了！接下來交給我處理。」

在士官長的帶動下，大夥兒又到處遊走，開始第二輪的酒酣耳熱，只剩下拖鞋和陳老闆還坐在原處。拖鞋問：

「陳老闆，你有原住民的消息嗎？不知道他的近況如何？」

「不清楚，我也有些擔心。拖鞋，你可以跑一趟花蓮去看看嗎？」

「陳老闆、拖鞋老師，我去一趟，讓我去看望原住民好了。」

黃毛插入拖鞋和陳老闆兩人之間的談話，自告奮勇的表明自己願意前往，然後黑皮也插進來：

「我剛完成基隆港的工作，目前閒著，我陪黃毛一起去。」

「我需要先回眷村辦些私事，隨後再趕過去，可以嗎？」

士官長有點為難的說，阿貴馬上幫他接下去：

「是的、是的！翠涵當然比原住民重要多了，我們大家都了解。」

強納森也沒放過這個可以酸一下士官長的機會，說：

「我也要去看我女朋友鄭太太，我跟士官長一樣。」

每次強納森一開口，士官長火氣就來：

「誰跟你這個外國人一樣呀！拜託你解釋一下，怎麼突然有一個是別人太太的女朋友好嗎？」

「這說來話長！」

「我有一整個晚上的時間，你慢慢說！」

黑皮怕他們兩個又槓起來，打圓場的說：

「我幫強納森說好了。強納森找回飛機失事的兩具遺體，其中一具被鄭太太認出是她的先生，也就是鄭先生。當時鄭太太說，鄭先生曾託夢給她，說他的身體被一位金髮碧眼的高大外國人撿去了，而他的靈魂會藉著這位外國人回到她身邊，所以鄭太太在新竹南寮漁港等候時，一眼就認出強納森就是那位金髮碧眼的高大外國人。然後……現在……強納森就是鄭先生的替身啦！」

士官長聽完，又是那個張大了口收不回下巴的表情。

強納森不太滿意黑皮的說明，自己還加上幾句：

「不過鄭太太跟翠涵不一樣。鄭太太是有錢人，她會養我；翠涵是窮人，士官長要拿錢去養她。所以我可以捐錢給阿森，士官長不可以。」

士官長停頓了超過三十秒鐘，才用手把他的下巴抬回去，又過了三十秒的時間，腦袋才整理出一些鄭太太、鄭先生和強納森的關係，最後終於飆出話來：

「他媽的，豈有此理！你這個外國人，來台灣給人家包養，還酸別人窮！」

強納森應該是不太懂「包養」這兩個字的真正含意，因為他得意洋洋的回士官長的話，說：

「鄭太太真的很有錢！阿貴店門口停的那輛 BMW，就是鄭太太給我的。我等一下可以載大家回家。」

阿倫和阿貴連手把已經抓狂的士官長架開。阿文示意強納森不要再說了，陳老闆穩住場面說：

「我公司在花蓮白豹溪正好有個電力公司的水壩汙泥清理工作，乾脆由黃毛和黑皮你們兩人去執行，就可以順便去原住民住的那個部落，探望一下原住民的近況。」

黃毛和黑皮都點頭向陳老闆致謝。士官長已經被架開離得遠遠的，卻還是不甘寂寞的補上一句：

「黃毛、黑皮，等我事情辦完了，再趕過去支援你們。」

事情就這樣喬定了，大家開始互相道晚安與珍重再見。強納森被阿文推入他的 BMW 車時，朝著遠處即將離去的士官長大喊：

「士官長，你等我！等我和鄭太太事情辦完了，我開 BMW 載你去花蓮！」

□

白豹溪位於花蓮壽豐鄉，靠近中央山脈的溪谷裡。這裡是花蓮自來水公司的集水區，集水區的上游另外有電力公司水力發電廠專用的水壩，該水壩每年都會因中央山脈崩落下來的土石與樹木隨著溪水流向水壩，而造成堆積現象，降低了電力公司水力發電的效能，因此必須雇用潛水人員潛入水壩的壩底，將汙泥與樹枝清理出來。

黃毛與黑皮駕著湧興公司一輛三點五噸的小卡車來到白豹溪，由於一進入水壩區以後，要再出山區回到花蓮市區需要一天的車程，卡車上滿載著黃毛和黑皮的潛水裝備、高壓空氣機、抽水馬達、起重機等重機械，和帳篷、睡袋、乾糧等生活必需品，準備長期待在山裡面不出來。山區的產業道路越來越狹窄、越來越陡峭，小卡車搖晃得很厲害。老引擎還算爭氣的運轉著，黑皮把檔位切至最低速的爬山檔。前方出現岔路，往白豹溪主流方向的路標上寫著：

「白豹溪水壩，電廠重地，閒人勿入」

另一條通往白豹溪支流豐田溪的路標上寫著：

「豐田部落，原住民模範社區」

黑皮問：

「先去電廠？還是先去豐田部落找原住民？」

黃毛回答：

「先去電廠，把裝備都先卸下來，安頓好再出來找原住民。」

黑皮用力踩下油門，卡車上坡起步爬向「電廠重地，閒人勿入」的小路。兩旁雜木隨著卡車越爬越高而逐漸稀少與矮化，視野逐漸開闊。黑皮和黃毛發覺他們正開在一段懸崖峭壁上，卡車左邊是高聳入天的垂直山壁，右邊是萬丈深淵般的溪谷，谷中溪水湍急，滾滾白色水花有如一群白豹正在奔馳。

小路剛好只容許一輛小卡車通過，隨著卡車輪胎壓過路面，靠溪谷那一側不時有大小石塊不斷崩落。黑皮說：

「黃毛，這時候若對向來車怎麼辦？」

黑皮話才剛說完，對面就出現一摩托車騎士。黃毛連忙示意黑皮停車，自己從卡車上跳下來，走到車前觀察一下路面是否還有足夠寬度可以和摩托車交會。當黃毛再抬起頭，準備和摩托車騎士打招呼時，被眼前的景象嚇得說不出任何一句招呼的話。不知何時，這位摩托車騎士已經站在靠溪谷這一側的路面，面朝著溪谷、背朝著小路與山壁。他的兩腳掌前緣已經超出路面直逼懸崖，更驚人的是，他正用兩手舉起那重達兩百公斤的機車，凌空於那一落即千丈的深谷之上，而且轉動他全身唯一可以轉動的脖子，示意黃毛趕緊通過。

黃毛急忙指揮黑皮的卡車盡量靠著山壁前進，深怕黑皮一不小心，把那騎士逼落溪谷。黑皮從後視鏡注視他的卡車慢慢貼身通過那位機車騎士，尤其留意卡車輪胎不要造成路基石塊的崩落。卡車尾部通過機車騎士後，黑皮從後視鏡看見那騎士兩手一舉，硬是把他那兩百公斤重的機車舉至與肩同高，然後以兩腳為支點，向右後方旋轉九十度，重新把機車放回到路面上。黑皮是學過舉重的健美先生，看著那騎士輕易舉起機車的動作，心想他要是去參加舉重比賽，應該可以刷新全國抓舉紀錄。黑皮把頭伸出窗外，回過去看那騎士，說：

「謝啦！請問這位勇士大名？」

「巴蘇亞！」

機車騎士很乾脆的唸出巴蘇亞三個字。

黃毛從卡車前方輕巧的連三跳，跳上卡車車頭、車頂，再跳到車後，站在堆滿重機械的後車斗上方朝巴蘇亞問：

「請問巴蘇亞，你認識一位豐田部落的職業潛水夫，名字就叫原住民的嗎？」

巴蘇亞本來已經要跨上機車，一聽到黃毛的喊話，突然兩手一推，將機車直接放倒在路面上，朝黃毛走過來，說：

「你找他有什麼事？」

「我是他的潛水夥伴，我叫黃毛。我要去白豹溪發電廠工作，想順便去看望一下他的近況。」

「白豹溪發電廠，卡車往上游繼續開，大約一小時可以到。今天上午以前不會再有車子下來，不用擔心會車的問題。到電廠後，將你車上道具都卸下來安頓好，下午四點以後，再從發電廠開卡車下來。四點以後不會再有車子入山，不用擔心會車的問題。到了山腳唯一的一處岔路，轉往豐田部落的方向，大約也是一個小時會到豐田部落。問一下部落的人，說你要找巴蘇亞，我等你們一起晚餐，然後帶你去找 Margi，也就是你說的原住民。」

黃毛心想，好厲害的巴蘇亞！一次就把他想知道、該知道的，都說清楚且交代明白了。而且……巴蘇亞好像知道很多事，另外……這裡的人都是這麼親切的嗎？

黃毛還愣在那裡，巴蘇亞已經扶起機車、催動油門，揚長而去。

黃毛與黑皮按照巴蘇亞的指示，又顛簸了一個小時，終於來到發電廠。值班警衛打開鐵門讓卡車進入，親切的說明電廠的作業環境現場，並協助黃毛與黑皮把潛水基地打點好。黃毛這才發覺整個電廠似乎只有警衛一個人，於是好奇的問：

「電廠其他人呢？」

沒想到警衛的回答居然是：

「其他人？沒有其他人呀！這裡一直都只有一個人駐守！」

原來電廠早在幾年前就已經不再發電，但還沒到除役退休的階段，所以僅留下一個人來駐守，順便做管理與維護的工作。這位警衛姓許，本來是電廠建廠時的工程師，退休後沒其他興趣，就繼續留在電廠充當警衛。許工程師其實就是現在整個電廠唯一的管理人員，目前最重要的工作就是在下雨天巡視水壩水位，若水位超過警戒值，就必須實施放水作業。他的生活起居都在電廠，鮮少下山，因為長期和部落村民互動頻繁，被豐田部落封為長老。

「許工程師，你認識一位叫巴蘇亞的人嗎？」

「認識呀！這裡每個人都認識他，豐田部落的頭目嘛！剛剛才來過我這裡，我們一起檢查水壩放水的警報系統。」

「什麼是水壩放水的警報系統？」

「水壩放水，白豹溪下游水位會因此突然上漲。白豹溪裡時常有人在撿拾豐田玉，為避免造成溺水意外，整條溪都有拉電線，裝置水雷警報器。我和巴蘇亞固定每個月會沿著白豹溪檢查一遍，看看是否有故障需維修的地方。」

「我的工程單上面的資料說明水壩的深度是五十五公尺？」

「水壩最大蓄水量的水位高度的確是五十五公尺，超過這個數字就是警戒值。水位超過六十公尺就有可能造成潰壩。」

「潰壩會有多嚴重？」

「很難說，但至少確定會淹沒整個豐田部落。」

「這裡海拔高度多少？水壩的水溫多少？水底是什麼情況？」

「海拔兩千公尺，表層水溫很少超過十一度，底層大約只有五度，跟冰箱一樣冰冷。水底說是汙泥，其實有更多的大小石塊和樹枝，尤其樹枝在水底下張牙舞爪的，很像是迷宮，你們下去要很小心！」

黃毛轉向黑皮，說：

「黑皮，海拔兩千公尺已經屬於高山潛水的範疇，我們必須採用高山潛水表來做減壓。我們並沒有攜帶減壓艙，在水底停留的時間不可以太久。水底樹枝很多，採用水面供氣潛水恐怕會造成供氣管和樹枝纏繞。現在是枯水期，水深只有三十五公尺，我建議你和我先採用水肺潛水的方法，下去巡視水底環境，或是做一些先期的水下布置，等士官長和強納森的支援到來，再正式下水清理。另外，底層水溫只有五度，防寒措施要做好，避免發生失溫現象。」

不一會兒，黃毛和黑皮各穿著厚重的防寒衣、戴上頭罩、背著氣瓶、手提面鏡與蛙鞋，從壩頂沿著壩體的石梯緩步走入水壩、潛入壩底，靠著頭罩上頭前燈的亮光，逐漸看清水底陰森森的景象。真的誠如許工程師描述的，散落許多大大小小的樹幹、樹枝，宛如樹木的墳場。黃毛特別注意到有一截特別巨大的樹幹上，好像被人釘上一塊布條。黃毛利用頭前燈照向那布條，赫然發現上面寫著「巴蘇亞」三個字。黃毛向黑皮比出左手在下、掌心朝上，右手在上、掌心朝上，十指相扣的手勢。黑皮認出這是將樹幹綁緊之意，立即拿出身上的繩索纏繞樹幹兩圈，做了一個雙套結。

出了水面後，黃毛說：

「那截樹幹對巴蘇亞來說可能有特殊意義，我們動用起重機把它拉上來，放在卡車上，下午拜訪巴蘇亞時，送給他當見面禮吧！」

下午四時，黑皮和黃毛開著卡車離開電廠，卡車後車斗載著那截巴蘇亞的木頭。木頭直徑超過一公尺、長度超過七公尺，比後車斗還長出兩公尺。

卡車左右搖晃、上下跳動，前轉頭、後甩尾，本來載在卡車上的那截比車身還重的巴蘇亞的木頭，在卡車上滑動幾次後，變成有一大截是拖在地上跑。

卡車終於進入豐田部落，部落的房舍是用鋼筋水泥的建材蓋出來的，集體住宅式的一排排一層樓民房，外牆再偽裝成原住民的石板屋造型，屋頂明明也是平頂的鋼筋水泥，卻再鋪上一層塑膠稻草偽裝成茅草屋頂。屋內應該是非常悶熱，因為幾乎大人小孩全都搬出桌椅坐在屋外。有一棟顯然是把原有的鋼筋水泥打掉，再用木頭搭建起來的房舍，屋前坐了最多人。黑皮在這棟木頭房舍前把卡車停下來，黃毛走下車去問路，還沒開口就有人大喊：

「巴蘇亞，潛水夫到了！」

而且巴蘇亞不知何時就已經站在卡車後方，端詳著那根木頭。黃毛說：

「在水壩下找到它，給你的見面禮！」

巴蘇亞說：

「一年前，我在海拔四千公尺的山壁上發現它，被雷劈過，隨時會崩落溪谷。它是珍貴的千年以上的台灣紅檜，我估計它會一路沖到白豹溪來，所以在樹幹上做了記號，沒想到它沉入壩底被你找到。」

黃毛再度感覺到巴蘇亞實在厲害！又一次把他想知道、該知道的，都說清楚且交代明白了，尤其是他那超過一百九十公分的身高，讓人覺得巴蘇亞真的是氣宇非凡，的確是部落裡名副其實、當之無愧的頭目！

盛情、豐富、賓主盡歡的晚餐，和一定要有的原住民歌舞節目都過去了，沒有一個人提起原住民Margi的事。黃毛確信巴蘇亞自有盤算，也就不多問。

第二天清晨，黃毛一睜開眼，發現巴蘇亞已經整裝要出發去某處，於是急忙喚醒黑皮。兩人敏捷的起身，默默跟隨巴蘇亞走出部落。

巴蘇亞腳踩高筒雨鞋、身穿標準阿美族傳統服、腰配一把彎刀、肩背一帆布袋、手提一袋白米，沿白豹溪以平穩的步伐踏著溪水上裸露的大小岩石前進。黃毛和黑皮從一開始的緊跟在後，逐漸被巴蘇亞拉開一段距離，只得改用小跑步的方式不斷跳躍於岩石上，才勉強趕上巴蘇亞的速度。

兩個小時過去了，黃毛和黑皮明顯體力不繼而放慢腳步，巴蘇亞的身影越離越遠，不久就消失在白豹溪盡頭。黑皮說：

「黃毛，巴蘇亞是故意在考驗我們的能耐嗎？一大早就急行軍兩小時，我們一路追趕，中途沒休息，也沒喝一口水……」

「是呀！若是在海裡游，我們肯定不會輸給別人，但在山裡跑，我看沒有人跑得過巴蘇亞！」

「有一個人跑贏過我，就是我的兒子 Margi。」

巴蘇亞不知何時已經繞回頭，神不知鬼不覺的來到黃毛和黑皮身邊，一開口所說的話比他的突然出現還要突兀一百倍。黃毛和黑皮都不由自主的露出極度驚訝的表情。黃毛說：

「啊，巴蘇亞，原來你是原住民的父親！我們還要多久才可以見到 Margi？」

「以你們的速度，一個小時吧！」

「巴蘇亞，這裡的海拔高度大概已經超出三千公尺，除了沿著溪水上來，並沒有其他連外道路，再往上游走一小時都已經快到山頂了，那裡會有住家嗎？」

「有一座廢棄的礦坑，日本時代遺留下來的礦坑。」

「豐田玉礦？」

「不，是石棉礦坑，豐田玉是採完石棉後丟棄的礦碴！二次世界大戰時，石棉礦是很重要的軍事物資，豐田玉沒人要，但是豐田玉和石棉卻存在於同一塊礦石中。日本人把石棉的部分敲下來，剩下的豐田玉就隨意拋棄在礦區外的溪水裡，只要大雨一沖刷，就會從上游一路沖到下游去。現在換成豐田玉值錢了，下游的居民每當大雨過後，就會到溪裡撿拾豐田玉。豐田溪、豐田部落的名稱，都是後來因為豐田玉而得名。」

「Margi 是一個人住在廢棄的礦坑裡嗎？」

巴蘇亞沒有答話，拿出彎刀，隨手砍下兩段樹枝，一段給黃毛、一段給黑皮，說：

「把樹枝含在嘴裡，可以解渴。」

再從帆布袋取出兩小段竹子，分別丟給黃毛和黑皮，說：

「竹筒飯，可以充飢。」

再從帆布袋取出兩件阿美族的傳統針織背心，說：

「禦寒用的。接下來的路，必須手腳並用爬上瀑布頂端，高山上氣溫會突然下降。」

「巴蘇亞！你那帆布袋內到底還有多少法寶？」

「現在沒有了，等一下還會有。」

黃毛和黑皮在巴蘇亞的帶路下開始攀爬山壁。黑雲在腳下的溪谷，溪谷不知何時已飄起細雨來；白雲在腰際的樹林，樹林隨著雲霧飄動，乍隱乍現、忽遠忽近；艷陽在頭頂，頭頂滴落的汗水將陽光分解成彩虹。三人享受著大自然的三溫暖，一股涓涓瀑布突然出現，遮住陽光、沖散雲霧、洗去汗水，換來不斷飛濺的山泉水浸溼全身。手腳因泉水冰冷而逐漸麻木與僵硬，呼吸因空氣稀薄而急促，心跳因缺氧而加快。黑皮說：

「黃毛，歇一會兒吧！」

「黑皮，咬著牙爬上去，早一點離開瀑布區，身體才不會失溫。」

「巴蘇亞呢？」

「又不見了！」

「我在這裡，進來烤火取暖吧！」

神奇的巴蘇亞的聲音這時候又突然出現，在一處瀑布簾幕的後方。黃毛從瀑布外向裡面看，隱約看出有一狹縫向岩壁內延伸。黃毛拉著黑皮一起鑽過瀑布，擠入狹縫內，眼前出現一寬廣的洞穴，洞穴內堆滿閃閃發光、大大小小的豐田玉雕像，連洞穴內的地面都鋪滿用豐田玉打造的地磚。但令黃毛和黑皮張口結舌的景象，不是這滿地的豐田玉，而是巴蘇亞不知何時已經迅速的升起火來，坐在豐田玉做的椅子上取暖，而且不只有他一個人，巴蘇亞的對面也坐著一個人──原住民Margi。

四人默默的烤火，Margi沒有像以往那樣對著黃毛與黑皮搞笑，也沒有說話、打招呼。黃毛知道巴蘇亞會在適當時機說清楚講明白，所以耐住滿肚子的疑問，等著巴蘇亞主動開口。沒想到這次巴蘇亞一開口，居然改成用問的：

「黃毛，你都看到了，那你說說看，你清楚明白了什麼？」

「這裡就是傳說中日本人遺留下來的採礦區，應該是只有豐田部落的頭目、長老等少數人才會知道的祕密。Margi因為心裡的內疚，暫時躲在這裡療傷，身為父親的你時常上來看他，並帶些日用品給他。還有就是Margi已經戒酒了。」

「你怎麼知道Margi戒酒了？」

「礦坑內看不到酒瓶。你帶一袋米上來，沒有帶米酒。」

「你怎麼知道Margi心裡內疚？」

「Margi見到我沒有搞笑、沒有打招呼、沒有說話，這太不像他了！」

「這裡是日本人的採礦區沒錯，但這個洞穴是我豐田部落族人的祖靈地，連日本人在這裡採礦多年，都沒有發現這裡有一個洞穴。以前我族人每年都會上來一次祭拜祖靈，現在已經很少有年輕人願意上來。你們應該是唯二的外人來過我們的祖靈地。Margi 回來後，認為他的族人、他的潛水夥伴，都不再相信他、不會原諒他，每天把自己關在部落裡喝個爛醉。做父親的我，有一天趁他爛醉的時候，背他上來祖靈地，希望祖靈能夠救贖他，或者就讓他隨祖靈一起去吧。大概是祖靈顯靈了，Margi 在這裡重生。他在這裡捕魚獵獸維生，還就地取材，將滿地的豐田玉敲打雕刻成作品。山上沒有酒喝，當然只好戒酒了。」

黃毛點頭表示感謝巴蘇亞的說明，巴蘇亞又問：

「黃毛你再說說看，我為什麼帶你和黑皮上來？」

「為了讓我和黑皮可以帶 Margi 下山，再和大家一起去潛水？」

巴蘇亞沒有回答，但把目光投向 Margi。Margi 保持著沉默，但突然起身走離火堆，撿起地上的鐵鎚與錐子，朝一件他未完成的豐田玉作品敲打起來。

黑皮說：

「Margi，黃毛和我在白豹溪發電廠，有一個清除水壩底泥的潛水工作，你要不要來看一看？再過兩天，士官長和強納森也會上白豹溪，老朋友們又可以聚在一起潛水了！」

Margi 稍微停頓敲打豐田玉的動作，顯然是被黑皮的提議分了神，但隨即又回復繼續敲打他的豐田玉作品的動作。

巴蘇亞又補上一句：

「順便帶兩件你的作品，去送給電廠的許長老！」

Margi又一次稍微停頓他敲打豐田玉的動作，但還是隨即回復繼續敲打他的豐田玉作品的動作。

黃毛看出其實Margi是有被說動的跡象，再補上一句：

「你不會要拖鞋老師親自爬到這裡來帶你下山吧？」

Margi把手中的鐵鎚與錐子往地上一扔，快步走出這個豐田玉洞穴。

巴蘇亞望著Margi走出洞穴後，臉上露出微笑說：

「Margi這孩子有救了！感謝祖靈、感謝黃毛、感謝黑皮！」

三人繼續在火堆邊取暖，聽巴蘇亞說故事，等著Margi回來。

果然不出所料，Margi不久就又出現在洞口，雙手捧著一具捕魚陷阱，陷阱內有十幾條活蹦亂跳的魚，顯然是Margi剛從溪裡撈上來的。巴蘇亞很熟習的馬上找到一個鐵鍋，架在火堆上，Margi把鍋子盛滿水，再把魚丟進鍋。巴蘇亞用夾子把火堆上烤得炙熱的豐田玉礦石丟入鍋裡，鍋裡的水一下子就滾燙起來，魚也隨即被滾水煮熟了，四個人開心的吃起魚來。

終於，Margi說話了：

「黃毛、黑皮，這裡的作品，只要你喜歡，能背得下山就是你的。」

黑皮不客氣的起身巡視四周，首先看上一個比他的頭還大的球型作品，兩手舉起衡量一下它的重量，可能是比他估計的超出太多了，黑皮搖搖頭放回去，再去尋找小一點的作品。

黃毛問巴蘇亞什麼時候下山，巴蘇亞說：

「山裡日落得很快，天一黑，下山路不好走，今晚必須留在祖靈地，明早一有曙光就下山。」

黑皮還繼續專注的在找合適的豐田玉。Margi 看他那副外行的模樣，覺得好笑，終於恢復他那搞笑的本領，說：

「城市人！你挑的那些爛石頭，背下山是不夠你的工錢的啦！挑豐田玉呀！面光看要有陽光，背光看要有樹林，側光看要有溪水，才是值錢的豐田玉啦！」

黑皮就是摸不到竅門，將豐田玉面光看，看不到陽光，背光看，看不到樹林，側光看，怎麼看都沒有溪水。一直到大家都躺下來準備就寢了，黑皮都還沒決定好哪一顆是合適大小且值錢的豐田玉。

8

豐田玉

黃毛一夜保持著清醒，生怕錯過第一道曙光，但最後還是在睡夢中被巴蘇亞搖醒。出了洞口，居然陽光已經強烈的照射在山頭岩壁上，但巴蘇亞絲毫沒有理會頭頂上的陽光，只盯著腳下一大塊黑雲，面露不安的說：

「白豹溪從昨晚就在下大雨，溪水應該已經暴漲了。下山路會很不好走，希望許長老的水雷警報器沒有失效，適時發出警報提醒白豹溪下游撿拾豐田玉的村民！」

四人趕緊匆匆離開這豐田部落族人的祖靈地。巴蘇亞領頭、Margi 殿後、黃毛和黑皮居中，開始攀爬下瀑布、岩壁，再涉水進入白豹溪。溪內大部分的大小岩石都已經沒入溪水中，四人與其說是在溯溪，不如說是被溪水沖著往下滑。好在四人水性都很好，只要避開溪水回流漩渦處、擺脫岩縫激流處、脫離水花翻滾處，身體就能載浮載沉的一路被溪水推下山去，省去了來時一路往上的辛苦。

眼看就快要沖回到白豹溪發電廠了，雨勢越來越猛，視線模糊，四個人都已經失去彼此的蹤影。突然一隻大手伸過來抓住黃毛，把黃毛從溪水中提拉上來，是巴蘇亞抓住了黃毛。接著黑皮也沖向兩人，巴蘇亞再伸出另一隻手抓住黑皮，黑皮同樣被巴蘇亞拉出水面。三人並肩面向上游站立，果然看見 Margi 也隨著溪水朝他們的位置沖下來，三人合力擋住 Margi 的去路，不讓他再被溪水往下沖。

Margi 站穩後，巴蘇亞說：

「從這裡上岸，走山路，先去電廠看看！」

四人來到電廠門口，看見許長老正要走出去，巴蘇亞連忙說：

「長老，水雷警報器有發出警訊通知村民避開白豹溪嗎？」

許長老神色慌張，答非所問的說：

「要潰壩了！水閘門打不開，要潰壩了！」

「什麼？潰壩！那白豹溪會淹大水囉!?」

「不要管白豹溪了，先幫我把水閘門打開，要不然一潰壩，連豐田部落都會被淹沒！」

「連豐田部落都會被淹沒！長老，請說清楚一點！」

「大家聽我說。水壩水位已經超過警戒值五十五公尺，漲到五十九公尺了，再一公尺就有可能發生潰壩。一潰壩，水壩的水全部沖入白豹溪和豐田溪，整個豐田部落都會被淹沒。水壩閘門的電動馬達已經損壞，無法自動開啟水閘門來洩水，必須靠手動方式來開啟。我剛才試了幾次，因為水閘的開關閥門鏽蝕嚴重，轉不開來，需要幾個人合力一起轉動才有辦法。同時也必須有人趕往部落，通知大家趕快往高處遷移！」

這次換黃毛首先聽懂狀況的緊急，向巴蘇亞建議說：

「巴蘇亞，你和我留下來協助長老打開閘門閥，讓黑皮和 Margi 開卡車趕回部落通知村民，如何？」

巴蘇亞點頭說：

「就這麼辦，大家動作要快，走！」

目送黑皮和 Margi 駕著卡車離開後，巴蘇亞和黃毛隨著許長老來到水壩的壩頂。壩頂的水位高度已經快淹到極限的六十公尺，水面上滿布白豹溪上游沖刷下來的浮木，隨著壩頂上強風暴雨引起的波浪，正一波波拍打在壩頂的通道上。三人走到壩頂的最中間，長老指著水閘門重力螺旋閥的閥輪。閥輪直徑大約一點五公尺，是類似平放的汽車方向盤的轉盤，剛好可以容納巴蘇亞、黃毛和長老三人，各站立在轉盤周圍的三個方位。三個人六隻手在巴蘇亞大吼一聲下，同時出力往逆時針方向旋轉，但任憑三人如何使力，轉盤卻沒有絲毫轉動的跡象。長老說：

「鏽蝕了。我下去下方螺旋桿處，敲一下鏽蝕的部位，再加一些黑油。」

長老說完，拿起一把鐵鎚、一桶黑油，鑽到轉盤下方，用鐵鎚敲打螺旋桿，讓鐵鏽紛紛滑落後，抹上厚厚一層黑油，說：

「再試一次！」

黃毛和巴蘇亞各占據轉盤一百八十度的位置，面對面，兩手握住轉盤，兩腳蹲成馬步姿勢。巴蘇亞又大吼一聲：

「轉！」

兩人奮力一搏，但轉盤依然不動如山。黃毛將手鬆開，從地上撿起一把鐵條，說：

「可能是水閘門卡住了。我下到水閘門的另一側，用鐵條扳動閘門，然後你再試試！」

下方傳來長老的聲音：

「不行！這樣做的話，水閘門一鬆動，水壩內的水會以跟子彈一樣快的速度噴射出來，黃毛你馬上就被水箭給萬箭穿心了！」

黃毛反問：

「那你還有其他辦法嗎？」

長老答不出話來。巴蘇亞說：
「黃毛，你來轉動轉盤，我去扳動水閘門！」
黃毛回答說：
「如果我的力氣比你大，我去轉動轉盤；如果你的水性比我好，你下去扳動閘門。別擔心啦！巴蘇亞，你忘了，我是潛水夫！」
黃毛說完便拿著鐵條跳過壩頂欄杆，走向水壩的另一側，來到水閘門邊，將鐵條一端插入閘門底部，兩手握住鐵條另一端，用身體的重量往下一按，再一次全身往上跳起，加上身體落下時的重力加速度，以最大的槓桿力距將水閘門再往上頂起一次，然後朝壩頂處高喊：
「巴蘇亞，轉！」
巴蘇亞深呼吸一次，兩手、兩腳、全身力拔山河似的使力，喊著：
「轉！祖靈呀，眷顧你的子民！轉！轉動吧，祖靈！」
轉盤突然逆時針轉動了一下。巴蘇亞聽見鐵條掉落在壩體上發出鏗鏘的碰撞聲響，他知道閘門開了，但黃毛可能已經被水流沖下壩體，連忙要衝出去查看。長老喊住巴蘇亞：
「巴蘇亞，回來！趕快繼續轉動水閘門，要不然水壓過大，會把整個閘門都沖壞！」
巴蘇亞一面以最快的速度轉動閥門，一面仰頭高喊：
「祖靈呀，保佑黃毛！祖靈呀，保佑你的子民！」
水壩另一側的黃毛，在巴蘇亞轉動水閘門時，被噴射出來的水箭射個正著，整個人萬箭穿心似的被巨大撞擊力推開、飛離壩體，再重重摔落下來，隨著閘門洩出的高速水流一路衝入水壩下方的裙襬處。多年的潛水經驗讓黃毛沒有昏眩過去，知道自己現在是在水線之下，必須設法盡速浮出水面呼吸，但四周都是翻滾的水花與泡沫，連哪一個方向是水面都很難判定。

黃毛首先把身體調整到和氣泡升起的方向一致，因為那個方向才是水面，再跟隨氣泡往上游。但不論黃毛如何奮力往上游，眼前的氣泡還是在往上升，黃毛往上的速度顯然沒有跟上氣泡的速度，感覺是在往下沉。黃毛停下手腳划動的動作，仔細觀察、思索一下目前的狀況。黃毛想起拖鞋曾經教過他，水壩的下方會有一水跳區，相當於海浪的碎浪區，是空氣和水混合翻滾的現象。水跳區沒有浮力，在這裡再怎麼掙扎都無法浮出水面，必須游過這一段，下游會有一段緩水區，在那裡才有辦法浮出水面。

黃毛停止和水花的搏鬥，身體開始往下沉，終於腳觸底。他現在已經沉入水跳區的底部，腳底下感覺出有一股水流。現在黃毛只要隨著水流方向游，不久就可以脫離水跳區，來到緩水區後就可以浮出水面。黃毛將全身盡量保持水平，平貼於水底，讓水流推動他往下游。終於，四周不再有水花與泡沫，黃毛頭一抬、兩手一撥、兩腳一蹬，靠著蹬地的反作用力，身體直線而上，終於把頭舉出水面。黃毛深呼吸一口氣、深呼吸兩口氣，心肺功能恢復正常，確認自己沒有昏眩等缺氧現象，然後抬頭往水壩壩頂的方向張望。

壩頂上站著巴蘇亞，背對著黃毛，面對著壩內洶湧翻騰的洪水，兩手握拳高舉，這動作像極了電影中的摩西用神力將紅海海水一分兩半、讓出一條路的情景。不同的是，巴蘇亞面對的是白豹溪的洪水，而那洪水正從巴蘇亞胯下的閘門噴射飛濺出來。壩內的浮木、樹枝等雜物，隨著水流的漩渦不停旋轉，旋入渦心的樹枝自水面上消失後，從水閘門飛射出來，終於有一棵浮木卡在閘門處，接著造成更多的浮木卡在閘門處。浮木接二連三的堆擠在閘門口，堵住水流，造成洪水來回震盪，衝擊閘門。浮木隨著水流不斷撞向閘門，閘門終於不堪蹂躪，有一邊先被沖離閘口，然後一整扇五噸重的閘門如同保麗龍板般飛離閘口、漂出壩體，樹枝、洪水又找到宣洩的出路，瞬間全都一起爆裂四散開來。站立在閘門口的巴蘇亞失去腳下的立足點，隨著宣洩的洪水、樹枝，一起翻落壩體。

黃毛目睹這一切，眼睜睜看著巴蘇亞從壩頂翻落下來，隨著四散的樹枝消失在洪水裡。黃毛保持身體浮於緩水區，找尋巴蘇亞的身影。如果巴蘇亞沒有被爆裂的樹枝與石塊給擊傷，他會和剛才的自己一樣，隨著宣洩的洪水被沖到壩底裙襬處的水跳區，他會拚上老命的掙扎游出水面。

果然，黃毛發現巴蘇亞的雙手出現在水跳區，正拍打著翻滾的水面，企圖探頭出來。巴蘇亞再怎麼聰明、再怎麼見識廣博，應該不可能知道從水跳區脫困的唯一方法，是從水底潛游出去。任何人在快溺水的一瞬間，只會本能的拚命往水面掙扎。黃毛保持冷靜，沒有即刻游過去抓住巴蘇亞，因為他知道，若現在過去抓住巴蘇亞，巴蘇亞還是會拚命往上掙扎，這只會剛好抵消黃毛拚命拉巴蘇亞往下潛的努力。憑巴蘇亞的力氣，最後兩人必定氣力放盡，雙雙溺死在水跳區。黃毛等待著，等待著巴蘇亞自己和周遭的水花搏鬥到最後一刻。黃毛必須掌握得剛剛好，太早出手無法拉下巴蘇亞，太晚出手巴蘇亞就會回天乏術。

巴蘇亞又浮出水面一次，同樣兩手拚命拍打水面，這次將整個頭舉了出來。黃毛看見巴蘇亞張開口，大大的吸入一口氣後，兩手已無力，身體又往下沉。黃毛自言自語說：

「巴蘇亞，放棄吧。放棄吧！」

巴蘇亞又浮出水面，這次只能舉起半個頭，沒吸到氣就又沉了下去。黃毛抬頭仰望著天說：

「巴蘇亞的祖靈，請你告訴巴蘇亞，放棄吧！」

水面上這次只浮現巴蘇亞的一隻大手，然後慢慢的，那隻手也沉了下去。

黃毛等待的時機出現了！黃毛兩手交替迅速划水，以抬頭捷式游出去，從緩水區游向水跳區，四周水域開始出現水花，水花越來越多，水跳區裡的水花開始翻滾。黃毛躬身向下，兩腳舉離水面，再用力一踢，頭下腳上潛入水中，屏著氣、張大眼睛尋找巴蘇亞。前方出現巴蘇亞那巨大的身體正張開兩手兩腳，成大字型，保持垂直浮沉於水中。黃毛伸出雙手抱著巴蘇亞的腰，將巴蘇亞推向水底，接著一股水流將兩人推向緩水區。水不再翻滾，水花逐漸退去，黃毛兩腳一蹬地，舉著巴蘇亞浮出水面。

黃毛終於把巴蘇亞拖上岸，兩手按下巴蘇亞的胃，巴蘇亞吐出一大缸的水。但巴蘇亞已經沒有心跳、沒有呼吸，黃毛跨坐在巴蘇亞的腰際，兩手快速上下推動巴蘇亞的胸腔。黃毛必須在三分鐘內恢復巴蘇亞的心跳，讓血液再次流入巴蘇亞的腦部，不然就算巴蘇亞最後有救回來，腦部也會因缺氧而損壞。

黃毛喊著：

「巴蘇亞，不要放棄！不要放棄！」

巴蘇亞沒有反應。黃毛持續兩手上下推動巴蘇亞的胸腔，喊著：

「巴蘇亞的祖靈呀！告訴巴蘇亞，不要放棄！不要放棄！」

終於，巴蘇亞的胸部開始有微弱的起伏，臉部逐漸出現紅潤的顏色。

□

黑皮和 Margi 駕著卡車在大雨中奔馳前往豐田部落。一路上，卡車左邊的山壁不斷出現大小瀑布，瀑布的泥水衝入路面使得輪胎打滑，好幾次差點要將卡車沖下右邊的溪谷。當卡車有驚無險的終於來到白豹溪下游時，溪水不再奔騰，但卻已經高漲到路面。豐田部落外圍的農田全都泡在溪水裡，變成廣闊的白豹溪流域。豐田部落的房舍雖位於較高處，但也岌岌可危。卡車進入部落，看見村民正在將砂包堆置在家門口。Margi 指示黑皮將卡車停在巴蘇亞家門口，門口正圍著好幾位部落長老級的人物在開會。Margi 下車走入長老人群中間，說：

「長老們，白豹溪水壩即將潰壩，溪水有可能淹沒部落，必須立即通知村民移往高處。」

有一長老站出來，回答 Margi：

「Margi，上次村民聽你的話，結果死了三個勇士。我們為何要再相信你的話？」

「Butin，因為我是巴蘇亞的兒子，巴蘇亞派我來告訴你們。」

這位 Butin 長老點了一下頭，面對其他長老說：

「大家都聽到了，這是巴蘇亞的指示。大家分頭回去告訴村民，馬上遷移到高處！」

Butin 長老再問 Margi：

「巴蘇亞還有其他指示嗎？」

Margi 搖搖頭，但說：

「Butin 長老，我們還有一點時間。村子右側的白豹溪溪水正逐漸向村子逼近，我建議召集勇士，動用村內的挖土機，在村子右側外圍築起一道土牆，阻止溪水進來。」

Butin 長老沒有理會 Margi，轉身離去。Margi 嘆了一口氣，對黑皮說：

「Butin 只聽巴蘇亞的話，不相信我說的。黑皮，你可以幫我嗎？我們兩個自己來！」

黑皮點了一下頭，隨著 Margi 奔跑，來到巴蘇亞家的後廣場。Margi 跳上一輛推土機，並且用手指向另一輛挖土機，示意黑皮去發動。

不久，兩人分別駕駛推土機與挖土機，來到村子的右側。Margi 用推土機的推斗平推農地的泥土，並堆高成一堵土牆，黑皮則協助用怪手的抓斗將土牆附近的樹木與石塊等障礙物挖開移走。白豹溪的溪水持續從部落的右側逐漸逼近，憑 Margi 和黑皮兩人的力量要即時築出一道牆來堵住白豹溪的溪水，除非老天即刻停止下雨，而且黃毛和巴蘇亞已經解除潰壩的危機。眼看溪水已經逼近到土牆邊緣，土牆卻還堆不到五公尺長，至少還要再堆個五十公尺，才能有效保護住豐田部落。黑皮心想，大概是保不住了，但是看 Margi 依舊拚命的堆土，也只好明知不可為而為之，持續在 Margi 前方清除障礙物。

部落裡出現另一輛推土機、兩輛推土機……然後是一部怪手、兩部怪手……後面還有一輛滾輪壓路車。這浩蕩壯觀的車隊正朝著 Margi 和黑皮的方向前來，最前方那輛推土機的駕駛座上坐的是 Butin 長老。Margi 知道是 Butin 長老率領著村裡的勇士，動用了全村的重機械一起來支援，因此更加起勁的堆著土。

在 Butin 召集全村勇士齊心協力下，部落右側的土牆很快的完成，有效堵住了已經淹到土牆邊緣的溪水。Margi 坐在推土機上，向 Butin 點頭致謝。Butin 說：

「巴蘇亞快回來了嗎？」

「不知道。巴蘇亞、許長老和黃毛在解決水壩可能潰壩的問題。」

站在土堆高處的黑皮突然高喊：

「許長老來了！」

大家往黑皮手指的方向望去，看見許長老正從白豹溪的方向走過來，似乎是受傷嚴重，還沒走到土牆邊就已經跪倒在溪水裡。Margi、Butin 和村裡幾位勇士連忙跑過去協助，發現許長老手腳全是擦挫傷，額頭還有一處較深的傷口，血液不斷的噴濺出來，湧出的血水馬上被雨水稀釋，染紅整個面部，兩眼因血液的遮蔽而無法看清眼前景象。Butin 扶起許長老，用一塊布按住他額頭的傷口，說：

「許長老，我是 Butin。你已經到豐田部落了，我們先扶你進去急救，醫治你的傷口！」

許長老用含糊的語調說：

「我沒問題。巴蘇亞和黃毛被水壩洩洪的洪水沖走了。水壩是保住了，但巴蘇亞和黃毛恐怕凶多吉少！」

Margi 一聽到巴蘇亞被洪水沖走了，立刻從推土機上跳下來，往白豹溪方向快速奔跑而去。黑皮在後頭喊住 Margi：

「Margi，等一下，我們開卡車上去比較快！」

但許長老卻搖著頭說：

「Margi，不要上去白豹溪了，你和黑皮必須去豐田溪上游查看究竟！」

一旁的 Butin 長老不解的問：

「為什麼？豐田溪水位並沒有上漲啊？」

「這就是我擔心的地方。為什麼白豹溪都漲這麼高了，豐田溪裡卻幾乎沒有水？」

Butin 一聽到許長老的憂慮，頓時驚慌的說：

「糟了，是堰塞湖！巴蘇亞告訴過我，下大雨有時候會造成堰塞湖。」

原來豐田溪是白豹溪的支流，在電廠附近分支出來。主流白豹溪的下游流經豐田部落的右側，支流豐田溪的下游流經豐田部落的左側，豐田部落就是位在白豹溪與豐田溪夾成的沖積三角洲的一塊河川台地上。但是為何同樣一條溪水分支下來的白豹溪水位高漲，另一條豐田溪卻是水枯見底？唯一合理的解釋是豐田溪上游已經形成堰塞湖，這就是許長老現在憂心忡忡的問題。

Margi 終於明白事情的輕重緩急，於是走到許長老、Butin 長老的面前，說：

「許長老、Butin 長老，我和黑皮駕卡車上豐田溪上游查看一下。到達堰塞湖處時，需要動用怪手將堰塞的樹枝土石清除開來，溪水才能流通。因此卡車上必須再載一部小怪手。堰塞湖清除後，恐怕豐田溪的溪水也會淹到部落的左側，請 Butin 長老率村裡的勇士們於部落的左側再築起一道土牆，以確保部落不會被洪水淹沒。我和黑皮清除堰塞湖後，再轉往白豹溪水壩去查看巴蘇亞和黃毛的情形。」

Margi 沒有等到 Butin 長老的回話就轉頭而去，跳上一部小怪手，熟練的利用一塊木板斜放在黑皮的卡車後車斗上，將小怪手開上卡車。黑皮也沒多耽擱，發動卡車後便催緊油門，朝部落左側的豐田溪方向出發。

卡車沿著豐田溪的溪畔前進，因為這原本就是一條沒有產業道路的溪谷，卡車幾乎是在岩石、砂土與溪水之間穿梭，且越往上游前進地勢越陡峭、岩石越是嶙峋。最後，黑皮從駕駛座出來，跟 Margi 說卡車只能開到這裡了。Margi 將小怪手開下卡車，利用怪手抓斗來整平前方大大小小凸起的岩石，替自己的怪手鋪路，繼續前進。黑皮改用徒步的方式跟在 Margi 怪手的後面。

Margi 的怪手越爬越高，幾乎已經懸掛在垂直的峭壁上了。前方的溪水斷層處出現大量的樹枝圍成的大片樹籬，阻擋著上游的溪水，讓後方水位不斷堆高，形成一廣大的湖泊狀水域。Margi 將怪手臂伸長，試著去搆樹籬、搬動出一個缺口，好讓溪水沿缺口處流下來，但怪手伸展長度已達極限，還是搆不著。Margi 嘗試著移動怪手的位置，希望能更接近樹籬，眼看怪手已經挪到岩壁的最凸處邊緣，再往前一吋就要跌落溪谷了，怪手的手臂還是搆不著樹籬。Margi 只好請黑皮協助：

「黑皮，把繩子一端綁在怪手的抓斗上，另一端綁在樹籬中最粗的一棵樹幹上。」

黑皮找了樹籬中一棵最大的樹幹，將它繫緊後，站在樹籬上向 Margi 示意拉動怪手。大概是黑皮綁的那棵樹幹太大了，或是被其他的樹枝給擋住，怪手無法有效拉出樹幹，而是與樹幹保持相互平衡的姿態。樹幹被向外抽出的同時，怪手也朝溪谷傾斜。

黑皮覺得不妥，正想要示意 Margi 鬆開樹幹時，已經太遲了。溪水從鬆動的樹幹處找到出口，開始往下宣洩出來，接著一發不可收拾，那棵樹幹也瞬間被沖落溪谷。樹幹的重量加上溪水的衝擊力，將整部怪手拉離岩壁上的位置。Margi 隨著怪手從岩壁上跌落下三十幾公尺深的溪谷，後方的溪水形成一道瀑布，萬馬奔騰似的衝往 Margi 落下的溪谷處。Margi 連同怪手沉沒之後，再也沒有浮起。

黑皮跳入溪谷尋找，他沒有任何潛水裝備，連個面鏡也沒有，在翻騰的溪水裡什麼也看不見。後來黑皮靠著兩手的摸索，摸到了怪手的位置，再順著下去摸到 Margi 的一隻手臂，但任憑黑皮如何使力，都無法拉動。原來 Margi 只有一隻手臂露在怪手的外面，身體其餘部位都被壓在怪手的下方。黑皮浮出水面換了兩口氣，再次憋氣潛入水裡。以前在職業潛水訓練班時，憋氣潛水是黑皮的強項，他可以在水裡停留三分半鐘不換氣，可以一口氣徒手來回五十公尺長的標準游泳池一趟。但現在的黑皮，一次又一次潛入水中拉住 Margi 的手臂，一次又一次絕望的放開 Margi 的手臂，回到水面上呼吸。黑皮知道他已經失去 Margi 了，但他的潛水老師拖鞋告訴過他：

「潛水守則第一條，潛水夥伴制度：在任何情況下，都不可以拋棄你的潛水夥伴。」

他的潛水老闆陳老闆也告訴過他：

「只要他是你的潛水夥伴，就算他死了，你都不會拋棄他。」

雨漸漸停了，溪水漸漸退了，天漸漸黑了，黑皮還是一次又一次潛入水中拉住 Margi 的手臂，一次又一次絕望的放開 Margi 的手臂，回到水面上呼吸。黑皮知道他已經失去 Margi，但是他不能放棄，不可以離開他的潛水夥伴。

大雨完全停了，溪水完全退了，天開始亮了，溪谷裡露出 Margi 的怪手，怪手底下露出 Margi 的手臂。黑皮拉住 Margi 的手臂，跌坐在 Margi 旁邊。

溪谷下游出現一群人，領頭的是巴蘇亞，然後是黃毛、Butin 長老、許長老和許多豐田部落的勇士。巴蘇亞趕過來扶起黑皮，將黑皮交給黃毛。Butin 長老、許長老和許多豐田部落的勇士們合力將怪手抬起，巴蘇亞挖開 Margi 四周的泥土，抱出 Margi，再把 Margi 綁在自己的背上，說：

「我帶 Margi 回祖靈地！我祖靈會帶領他上天！我祖靈會保護你黃毛、保護你黑皮！」

巴蘇亞開始邁開步伐，踏著豐田溪中的岩石，朝上游的祖靈地出發。巴蘇亞背對著大家，但聽到 Butin 長老送行的歌聲，還是忍不住的再一次向大家揮手告別。這時候，大家都清楚看見巴蘇亞臉上的淚水終於滴落下來。

黃毛攙扶著黑皮回到卡車，卡車駕駛座上不知何時放置了一塊雞蛋大小的豐田玉。黃毛將那豐田玉放入黑皮的手掌，黑皮將那塊玉對著太陽光看。太陽光透過玉的中心點四散到玉的周圍，再從玉的周圍反射到玉的中心點，在玉的中心點出現一個太陽。

黑皮想起 Margi 的話：

「豐田玉面對陽光看，要有太陽的啦！」

黑皮將那塊玉背對著太陽光，玉本身發出墨綠色的光澤，玉的四周空氣則相對出現雲霧狀的模糊景象，在玉的四周飄浮游移，像極了雲霧中的樹林。

黑皮想起 Margi 的話：

「豐田玉背對陽光看，要有樹林的啦！」

黑皮再將那塊玉側對著太陽光，玉出現層次狀的綠色線條，線條上散布著數不清的白點，隨著不同角度下的陽光不停的晃動，像極了一群白豹在綠色的溪水上奔跑。

黑皮想起 Margi 的話：

「豐田玉側著陽光看，要有溪水的啦！」

黃毛發動卡車引擎，說：

「這塊玉，是 Margi 從祖靈地帶下來給你的。」

9
海洋深層水

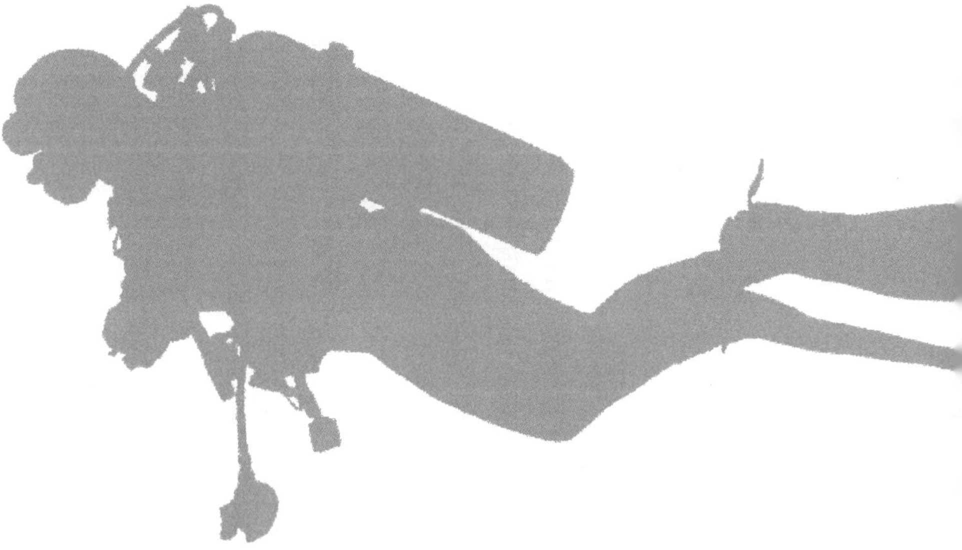

士官長雖然滿肚子不願意，但熬不過阿文和阿貴的堅持，最後還是坐上強納森的 BMW 轎車。四個人從基隆出發，打算行經東北角海岸公路到蘇澳，再從蘇澳上蘇花公路到花蓮，和黃毛與黑皮會合。

強納森有意展現他那 BMW 的優異性能，車子出了八斗子市區後就一路狂奔，而且只要是前頭有車必超，不論是轎車、休旅車、遊覽車、卡車、貨櫃車、砂石車，強納森都只踩油門沒有踩剎車。車子來到鼻頭角時，坐在駕駛座旁的士官長再也按捺不住，說：

「強納森！你這個死西部牛仔，這裡是台灣的海岸公路，不是美國的西部草原。只要你再超一輛車，我士官長就下車，自行走路去花蓮。」

強納森稍將油門放鬆，車速稍微放慢下來，這時一輛黑色 JAGUAR 車從左側超越強納森，瞬間的強大空氣壓力晃動了 BMW，強納森不由自主的將方向盤右切閃避。士官長手中正拿著翠涵給他的保溫杯，打開來要喝口茶，熱茶從保溫杯中搖晃出來，燙傷士官長的左手，士官長急忙把保溫杯從左手交到右手。突然右手邊又有一輛黑色 JAGUAR 車超越強納森，瞬間的強大空氣壓力再次晃動了 BMW，強納森又不由自主的將方向盤左切閃避。這次士官長手中的保溫杯整個滑落下來，熱茶灑了他整個褲襠，不知道是被熱氣燙傷還是被激怒而火氣上升，士官長漲紅了整張臉，說：

「強納森！追上去！追上那兩輛可惡的 JAGUAR！」

「Yes, sir! Hee——Haaa——！」

難得士官長和他看法一致，強納森回復他的牛仔本性，排檔一打、油門一催，把 BMW 當成火箭升空一樣噴射出去。不一會兒就看見那兩輛 JAGUAR 車在前頭，BMW 再加速接近。本來保持一前一後的兩輛 JAGUAR，突然改成兩輛並行，不但擋住 BMW 超越的空間，也占據了對面來車的車道。強納森那西部牛仔的浪漫個性更是被激發出來，硬是左鑽右鑽的找到空隙把 BMW 擠入兩輛 JAGUAR 的中間，三輛車毫不相讓的在東北角海岸公路的雙線車道上並排高速行駛。突然對向車道上出現一輛十輪大卡車，滿載砂石迎面而來，眼看四輛車毫無閃避的空間，士官長連聲驚呼：

「剎車！剎車!!死牛仔！剎車!!」

士官長、阿文和阿貴三個人六隻腳同時本能的向下用力踩住 BMW，企圖幫強納森剎車，強納森卻是踩著油門到底。眼看就要直接撞上大卡車車頭了，BMW 的左右兩輛 JAGUAR 緊急剎車，讓出左右空間，強納森方向盤向左一轉，BMW 的右側正好和大卡車貼齊，左側輪胎直逼太平洋，有驚無險的和大卡車交錯而過。

強納森發生勝利的歡呼：

「Hee——Haah——, we won!」

士官長原本漲紅的臉，現在變得慘白毫無血色，憤怒再加上驚嚇，連飆出來的話都是結巴加顫抖：

「停……停車！我要……要下車，靠邊停車！死牛仔！神經病！我會被你害死！我這個潛水夫若死在公路上，就太冤枉了!!」

坐在車後座的阿貴和阿文，也被剛才的驚險畫面嚇出一身冷汗。阿貴說：

「強納森，換你到後座來休息一下，我幫你開一段好了。」

BMW 在阿貴接手後進入蘇花公路，一路上景色宜人，紓解了大家剛才的緊張情緒。阿貴將 BMW

停在清水斷崖處，讓大家下車歇歇腿，並指著前方說：

「前方就是立霧溪出海口，後方的半月形海灣就是花蓮七星潭。黃毛和黑皮就在七星潭等我們。」

這時兩輛黑色 JAGUAR 車突然又疾駛呼嘯而過，激起地上的一灘積水，水花濺溼了正在說話的阿貴。強納森、士官長和阿文同時飆出三字經，一個用英文、一個用國語、一個用台語。阿貴喃喃自語的說：

「難道這兩輛 JAGUAR 也和我們一樣，要趕到七星潭赴約？」

□

花蓮七星潭，沒有七星、沒有潭，是個半月形的海灣，是世界上唯一沒有漁港的漁村，是台灣僅存沒有堆置消波塊的海岸。這裡的漁船不撒網捕魚，而是在海面上收集游進定置魚網內的魚，因此漁獲不是冷凍的死魚，而是活蹦亂跳的新鮮活魚。漁村內也沒有拍賣魚貨的魚市場，每一條新鮮活魚都是由漁民利用小舢舨搶灘登陸後直接送入漁村的海鮮餐廳，只有最內行、最挑剔的花蓮在地老饕客，才懂得來此品嚐真正道地的鮮美海產，而這裡最有名氣的海產店，就叫做「七星海產」。今天的七星海產店顯然來了極重要的客人，因為老闆拉下鐵門，貼出本店已客滿的告示，但是店內卻只有七個人圍成一桌。這七人除了七星海產的善老闆之外，分別是：

中肥集團　馬副總
千田株式會社　高橋社長
水利署　曹署長
花蓮區漁會　王總幹事
海龍打撈公司　二少爺
湧興海事工程公司　陳老闆

中肥集團的馬副總顯然是今天這場聚會的東道主，只見他頻頻向大家夾菜致意，並一一敬酒：

「曹署長，謝謝您的提攜，敝集團能夠獲得中央單位關愛的眼神，成為我們國家第一個擁有海洋深層水專利的廠商，這完全是曹署長您的功勞。

「高橋社長，謝謝您的千田株式會社承攬敝集團海洋深層水管的布管工程。這條深層水管從七星潭海岸入海，全長五公里，一直到海底深度七百公尺處，直徑六十公分，每天抽取深層水量一萬六千噸，這樣的規模已經超越日本，成為東亞地區最大、最深的海洋深層水管。

「王總幹事，謝謝您和花蓮區漁會的協助，讓我們共同來為七星潭開創一個新的格局，讓七星潭漁村蛻變成全國第一個海洋深層水社區。

「二少爺，這次要借重貴公司的海龍打撈船隊來協助高橋社長的海上布管作業。高橋先生打算把全長五公里的水管從岸邊浮拖出去，再將管子下沉到海底，全台灣只有貴公司的船隊才有能力來執行這樣的海上工程作業。

「陳老闆，海洋深層水管沉到海底後，需要有人下到海底將管線固定在海床上，這方面就必須借重貴公司的潛水人員來執行了。」

在中肥集團馬副總的主導下，在場賓客在這件海洋深層水開發案中所扮演的角色，算是有了初步的共識與默契。酒過三巡，這場政商名流的交際斡旋大致底定，水利署曹署長首先在馬副總的哈腰護送下步出七星海產店，在店外等待的隨扈司機機警的將曹署長的專用座車開到店門口，迅速驅車離去。

接著是花蓮區漁會王總幹事走出海產店。王總幹事在這件開發案中代表地方鄉親，也是馬副總必須巴結的人物。馬副總召來他的司機，讓王總幹事坐上自己的Benz車離開。後面出來的千田株式會社高橋社長，向馬副總畢恭畢敬行了九十度的鞠躬後，分別向海龍打撈公司二少爺和湧興海事工程公司陳老闆握手致意，自行步行離開。

千田株式會社是這件工程案的總承包商，海龍打撈公司和湧興海事工程公司都算是千田的下包廠商。國內所有的公共工程建設，包含海事工程，都必須由陸地上的營造廠商來承攬，海事工程公司只能作為營造廠商的下包，不但造成海下工程技術是由外行來領導內行，還巧妙規避了勞委會對潛水勞工安全規範的監督。

海龍二少爺說：

「陳老闆，這件工程最關鍵部分還是在潛水，我有請了一組希臘的潛水團隊來協助。他們使用氮氧潛水技術，可以省去減壓手續的困擾，節省一大半的作業成本……」

二少爺講到一半，兩輛 JAGUAR 車以飛快的速度來到兩人面前急停下來。車內走出一批外國人，二少爺示意走在最前頭的一位身材較短小、但面部五官輪廓深邃清楚又端正凸出，像極希臘海神波賽頓雕像的人走過來。二少爺繼續和陳老闆對話：

「說曹操，曹操到。這位就是我所說的希臘來的潛水總監，理歐先生。」

陳老闆正想和理歐打招呼時，現場又來了一輛 BMW 車，同樣以飛快的速度來到兩人面前急停下來，剛剛好又插在兩輛 JAGUAR 中間。車內走出士官長、阿貴、阿文、強納森，四人很有默契的在陳老闆的左右側站成一排，正對著二少爺和他的希臘潛水團隊。這次換陳老闆說話：

「二少爺，這是我的潛水夥伴，大部分人你都見過：士官長、阿貴、阿文、強納森。」

士官長本來就對二少爺很是不滿，再加上一路上對兩輛 JAGUAR 的敵意與過節，沒等到大家該有的禮貌性寒暄，就插嘴說：

「二少爺，你身旁站的那一堆外國青蛙是做什麼的？」

「Yeah! What kind of FROGS are you?」

強納森怕對方沒聽懂，裝腔作勢的補上一句英文。

「We are the frogs from Greek!」

理歐微笑著回答，語氣親切、自信、友善，感覺上似乎還帶著一些熱情。

「青蛙」在中英文應該都有些許輕蔑與侮辱對方之意，這也是士官長和強納森的本意。但是在希臘，青蛙卻正好是潛水夫的代名詞。在遠古的希臘，沿海居民就曾經驕傲的以「住在愛琴海邊的青蛙」

自居。歷史上也曾經記載，希臘靠著幾百名潛水員的水下突擊而打敗來犯的波斯百萬軍隊，因此潛水在希臘是極受到尊重的行業。

二少爺似乎不太滿意士官長的搶話，但還是面對著陳老闆說：

「怎麼沒看見黃毛？」

一輛滿載潛水道具、滿布灰泥的卡車開進場內，黃毛快步走出來。這次換陳老闆得意的說：

「說曹操，曹操到。這位就是我的潛水總監，台灣的黃毛先生。」

黃毛禮貌的和在場的大家點頭示意。二少爺特別向他介紹：

「黃毛，這位是希臘來的潛水總監理歐先生。」

「黃毛，厚！叫他青蛙就可以了，比較親切啦！而且還滿名副其實的。」

士官長再度搶話，挑釁意味十足，似乎想把原住民身亡的怨氣發洩在二少爺和理歐身上。強納森總是可以在士官長之後，一搭一唱的補上一句他個人風格的驚人之語：

「Yeah! May I ask how deep can a Greek frog dive?」

「Our official breathe-hold-diving record is 163 meters!」

理歐一本正經的回答強納森那少了根筋的問話。這回答也未免太震撼了，人類僅靠一口氣的憋氣潛水深度世界紀錄正好是一百六十三公尺，難道這紀錄就是理歐他們團隊所創下的？

「Oh, yeah? Our breathing-holding time is 5 minutes. What is yours?」

強納森的問話看似無厘頭，卻總是可以正中你心裡最不服氣的那個部分。既然潛水深度比不過人家，那就比一下水底憋氣停留時間吧。

「Our official breathe-holding-time record is 5 minutes and 12 seconds.」

士官長一聽，又被人家給比下去，於是再也按捺不住，說：

「鬼扯！青蛙都憋不了那麼久！強納森，跟他說，別吹牛了！有本事的話，今天晚上實際來比畫一下！」

「You! Bullshit! We challenge you!」

強納森一邊說著，一邊已經走到對方陣營開始交涉起來。兩邊人馬同時開始鼓譟。

陳老闆好像也被感染上非爭一口氣不可的英雄氣概，說：

「黃毛，那就比一下吧！你看我們有把握贏嗎？」

「我們這邊的紀錄保持人是黑皮，去年在潛水訓練班創下三分四十五秒的紀錄。一般人很少能超出三分鐘的。希臘人說五分鐘有可能誇大了些。反正是友誼賽嘛，輸贏不必太在意就好了！」

黃毛雖然一派輕鬆的回答陳老闆，心中卻也開始暗自盤算，今晚台灣與希臘的潛水友誼賽要如何來進行。

□

秋天的七星潭海灣美得讓人屏息以對，太魯閣的山澗溪谷完全倒映在太平洋上，將海水當成畫布盡情的揮灑。立霧溪的溪水在出海口處被海浪堆積成的小沙丘阻絕而迴流，形成一小潟湖。在這裡，溪水不再奔騰翻滾，海水不再湧起浪花，偶然的一片落葉是湖面上所能激起的最大漣漪。

黑皮在這裡保持如同禪師打坐的姿勢已經超過一個多小時，他已慢慢將自己的新陳代謝速度降到最低點。黃毛在旁邊協助並觀察著黑皮，黑皮的呼吸大約是一分鐘只有九次，脈搏大約是每分鐘只有四十下，是平常人的二分之一。

這場比賽就要開始了。理歐禮貌性的走過來和黃毛打招呼，並向黃毛介紹他們派出來比賽的潛水手安東尼。安東尼身材瘦高，超過一百九十公分，不但骨架子細，且全身幾乎沒有明顯的肌肉，唯一比較發達的器官，就只有那相對寬廣的胸部下的那對肺臟吧！黃毛一看就知道，這是最佳憋氣潛水的體格。黃毛和安東尼握了一下手，然後指著還在閉目養神的黑皮說：

「那位是黑皮，我們的代表選手。」

黑皮背對著安東尼和理歐，但稍微抬了一下手，就算是打過照面了。

「距離比賽時間，還有兩分鐘！」

士官長自封為這場比賽的裁判長，向兩隊隊員發出比賽即將開始的指令。

「Two minutes warning!」

強納森儼然成了士官長的最佳助手與翻譯。這對本來互看不順眼的冤家，竟慢慢磨合出一些默契。

黑皮稍微吸入一些空氣後，很長、很慢的把體內空氣連續不斷的呼出來。他的兩肩一直向前、向內壓縮，腹部橫膈膜一直向上提升，他的肺臟體積正被壓縮到最小。黑皮用他在職業潛水訓練班時拖鞋老師教他的方法，把身上的二氧化碳含量降到最低。拖鞋教過他，人體之所以有呼吸的慾望，不是因為氧氣不足，而是二氧化碳含量過高。因此，只要人體不累積過多二氧化碳，自然有辦法克服呼吸的慾望。

「距離比賽時間，還有一分鐘！選手請入水！」

士官長再度向兩隊發出指令。

「One minute. Divers step into water, please!」

強納森也很有默契的配合著。

黑皮稍微吸入一些空氣後，再次很長、很慢的把體內空氣連續不斷的呼出來，然後重複做著調息的步驟。最終睜開眼睛，起身走入水中。

安東尼已比黑皮先一步進入水中，在大約腰高處轉過身來面對岸上的大家。黑皮比安東尼矮太多，簡直成了天龍與地虎。黑皮站在和安東尼同樣的水深處時，水面已超過他的胸部，直逼頸部。

「選手預備……十秒、九秒、八秒、七秒……」

安東尼和黑皮都開始用力吸氣，岸上的人可以清楚聽見空氣流入他倆肺臟的聲音。儘管離他們兩人大約有十公尺遠，還是可以感受到周遭的空氣都在往水中安東尼和黑皮的方向流動。

「五秒、四秒、三秒……」

安東尼和黑皮開始原地蹲下，緩慢沒入水面……湖面上已失去他倆的蹤影，除了剛好落入湖面的一片枯葉，激起的漣漪呈現動態性的擴散之外，其餘的景物都靜止了，岸上的潛水夥伴也都跟著一起屏息了。七星潭的所有動植物都暫時停止呼吸。

黃毛一直注視著黑皮沒入的那處湖面。不久，湖面冒出一大團氣泡，黃毛看一下時間，比賽剛好過了三十秒。旁邊阿貴和阿文不安的問黃毛：

「黃毛，黑皮這麼快就吐出一口氣，會不會憋不住呀？」

「喔，不！這是拖鞋教他的技巧。憋太多氣在肺臟內，反而肌肉緊繃不舒服，會累積更多二氧化碳，得不償失。不如先吐出約三分之一的空氣，全身才能放輕鬆的保持最低的新陳代謝速度，氣才能憋得久。」

兩分鐘過去了，黑皮沒入的那處湖面又開始冒出氣泡，但這次是小量、連續、緩慢的氣泡不斷浮出水面。旁邊阿貴和阿文又不安的問黃毛：

「黃毛，黑皮是不是憋不住了？」

「喔，不是！現在黑皮的肺臟內已累積很多二氧化碳，將空氣吐出來，反而可以降低體內二氧化碳的濃度。人體之所以有呼吸的慾望，不是因為氧氣不足，而是二氧化碳含量過高。」

三分鐘過去了，黑皮沒入的那處湖面不再有氣泡浮出水面。旁邊阿貴和阿文又不安的問黃毛：

「黃毛，黑皮是不是沒氣了？」

「是！現在黑皮的肺臟內保持著最低限度的空氣。這些空氣會隨著時間逐漸轉為二氧化碳，接下來就要完全靠黑皮的意志力了。」

四分鐘過去了，湖面突然又冒出一團氣泡。黃毛神情嚴肅，沒等旁邊阿貴和阿文的問話，就說：

「黑皮已經將最後的一口氣吐出來了，他現在肺臟壓力小於四周的水壓力，一不小心就會吸入海水，要不然就會因腦部缺氧而昏迷。阿貴、阿文，這樣下去可能會發生意外，你們下去把黑皮拖出水面，這場比賽我們必須認輸了！」

阿貴、阿文迅速走入湖裡，將黑皮撈出水面。出了水面的黑皮深呼吸一口氣、深呼吸兩口氣，然後向黃毛比出OK的手勢。黃毛確認黑皮沒有受傷後，即刻向理歐比出比賽終止的手勢，再比出大拇指朝上，示意向對方的獲勝致敬。

現場突然起了騷動，希臘團隊的人幾乎全都瞬間衝入湖裡，士官長和強納森兩位裁判官也跟著下去。不是去迎接獲勝的英雄安東尼，而是因為不知何時安東尼已浮出水面，面部朝下、身體呈大字形，趴在水面上。這姿勢說明安東尼已經昏迷，甚至還可能已經溺水。

這場友誼賽在慌亂之下，火速護送安東尼至花蓮門諾醫院急救而落幕。

等到夜幕低垂時分，一直都沒有出現的拖鞋居然和門諾醫院的醫師一起走出急診室。拖鞋向焦急的大家解釋說：

「安東尼是因為缺氧而昏迷，經急救後已無大礙，但需住院觀察幾天，看是否有缺氧症的後遺症。這種憋氣比賽很容易出意外，因此從來不被列入正式的運動項目。以後不要再辦這種比賽了，大家還是把精神放在接下來的潛水合作上吧！」

黃毛走過去面對理歐，很有禮貌的伸出手來和理歐相握。一旁的士官長還是有點在意輸贏，意猶未盡的以裁判長的身分再補上一句：

「那這場比賽就不分勝負，大家握手言和囉！」

出了這麼大的紕漏、還差點鬧出人命的比賽，勝負已經不是那麼重要的事。兩隊人馬開始彼此寒暄、盡釋前嫌，不比不相識，惺惺相惜的情誼成了這場比賽意外的收穫。

拖鞋找來陳老闆與黃毛，說：

「陳老闆、黃毛，我就是在擔心接下來的海洋深層水布管工程。總負責的高橋先生是日本來的土木技師，對海洋狀況並不熟悉，而希臘的潛水團隊可能也只熟悉愛琴海內海的平靜海況，對於我們花蓮七星潭面對著太平洋的強風大浪，他們是無法想像的。」

黃毛也已經開始構思這件工程要如何進行的問題，開口向拖鞋請教：

「拖鞋，你可以先分析一下這件工程可能遭遇的困難點嗎？」

「陳老闆、黃毛，我們負責的部分是從岸邊零公尺到水深八十公尺的這一段淺海布管工程，希臘人和日本人連手負責從八十公尺到七百公尺的深海布管工程。零公尺到八十公尺的淺海布管工程，採用挖溝掩埋回填的技術，也就是在海床底下挖出一條兩公尺深、兩公尺寬的渠道，再將直徑零點六五公尺的水管鋪設在渠道內，最後用拋石回填的方式，將水管埋入渠道內就可以了。這樣的工程，潛水員較辛苦，但複雜性與危險性也相對較低。但從八十公尺到七百公尺的深海布管工程，複雜性與危險性就相對要高出許多。深海布管採用海面浮拖的方式，也就是利用船隻將整條大約五公里長的水管從海面上拖出去，然後再慢慢讓它沉下去。」

「拖出去再沉下去，聽起來好像滿單純的嘛！會有什麼複雜性呢？」

「第一，要將五公里長的水管在海面上拉成一直線，若是海面上沒有水流就很容易，但七星潭海域，內灣有回流、外海有黑潮，早晚不同時段還有潮汐流，要拉成一直線就必須精準的計算潮流才行。

「第二，在海面上浮拖，必須將管子的兩端用盲板封住，管內保持空氣的浮力，拖到沉放位置時，再由布管船將管內空氣抽出，讓近岸端的管子慢慢浸水下沉。將空氣從管內抽出，若在海面上無浪的狀況下，相對容易做到，但若海面上起了風浪，管子在海面上下擺動，要將管內的空氣抽出，就不是那麼容易。」

「所以，這項工程必須找到一個七星潭海域無風、無浪、無流的時機，以最短的時間完成布管作業，一氣呵成，才有可能成功，對嗎？」

「是的，這也就是我擔心的地方。日本人可能會疏忽、希臘人可能會輕忽海洋的瞬息變化！而且現在已是深秋，等人員、船隻、裝備與管路一切準備就緒時，七星潭已進入冬天的東北季風期，海面上的風浪很少有平靜的時候。我認為最佳布管時間應該定在明年四月春暖花開時，那是七星潭海域最平靜的時候。錯過了四月，接下來的五月又開始進入颱風期……」

在一旁聆聽拖鞋分析的陳老闆，突然神情凝重的說：

「拖鞋，根據我的了解，中肥的馬副總已經和千田的高橋先生約定好布管的日期，該時間是為了配合水利署曹署長和許多高層長官的方便，而且還邀請了中外媒體記者來現場採訪。」

「唉！希望那一天，天氣平穩、海況平靜。不過，我們還是提醒一下希臘人，注意該有的應變措施吧！」

□

拜暖冬之賜，十二月的花蓮雖已步入東北季風期，但今天的七星潭居然艷陽高照。在七星潭海邊已搭起大型觀禮台，還準備了剪綵儀式，即將被拖放入海的那條全長五公里的海洋深層水管，在岸上迂迴但很整齊的排列著。水管每十公尺處配置重達五噸的水泥塊，水泥塊就安放在台車上，每一輛台車相隔十公尺，剛好乘載十公尺長的管路和五噸重的水泥塊。五公里長的水管、五百個水泥塊和這五百部台車，就安放在臨時鋪設的鐵軌上，這場面就好像一列五公里長的火車即將開入太平洋。

觀禮台上長官們陸續坐定，在曹署長、馬副總、王總幹事等人冗長的官樣致詞之後，安東尼出現在海面上等待的拖船船頭處，身上斜背一條細繩，接著縱身一跳入海，往岸上觀禮台游來。黑皮從岸邊的觀禮台上走出來，身上同樣斜背一條細繩，躍下觀禮台，從岸邊衝入七星潭，往外海游去。

安東尼和黑皮兩人在海面上會合，並將身上背的細繩連結在一起，向觀禮台振臂高呼。曹署長、馬副總、王總幹事同時愉快的剪斷綵帶，曹署長並在馬副總的陪同下，按下台車的剎車桿，台車開始往海邊滑動，海面上的拖船絞纜機開始轉動，收緊安東尼和黑皮所連接的細繩，再絞纜鋼繩、拉動水管出海。水管一如預期的浮在海面上，拖船船尾的吊桿上高高拉起水管，船頭開始往外海前進。看來這條五公里長的水管正成功順利的浮拖出七星潭的海岸。

觀禮台上的曹署長、馬副總、王總幹事和其他官員們，紛紛急著找現場轉播七星潭布管儀式的媒體記者來曝光、亮相，大言不慚的細數自己在這件工程上的豐功偉業，沒有人注意到東北方的海平面處已經出現雲絮。

在岸邊觀察布管工程的拖鞋感覺到臉上吹來一絲寒意，是東北季風的徵兆，正想向一旁的陳老闆和黃毛說出心中不祥的念頭時，陳老闆說：

「拖鞋，基隆傳來訊息說，基隆剛開始吹起東北季風。我估計這波東北季風大約三個小時就會到達花蓮。」

黃毛說：

「三小時後正好是潮汐的最高潮，潮汐流會一百八十度的轉向。」

「陳老闆、黃毛，將五公里長的管子順利拖出去，我估計要四個小時，再將管子緩慢的沉下去，估計需六個小時以上。今天的布管必須取消，不然一定會出意外。」

「拖鞋，我們事先一再的說明嚴重性，但都不被業主們採納。現在你也看到，長官剪綵了，媒體也報導了，卒子都已經過了河，只能往前走了……」

「陳老闆、黃毛，我看布管不但不會成功，恐怕海上還會發生緊急意外事件。我們趕快跟漁會的王總幹事聯繫一下，讓阿貴和阿文再搭一艘漁船出海，準備緊急時候的支援！也通知在海面的潛水作業船上等待的強納森 stand by，尤其要密切注意我們在海底下做近岸端管路與海洋端管路連接作業的潛水員黑皮和士官長，以及希臘的潛水員理歐與安東尼，他們四人在海底下，萬一緊急時聯繫上可能會比較困難。」

眼看海洋深層水管已經被拉出七星潭的海面大約有三公里長，但拖船的拖帶能力似乎已經到達極限，後面陸地上尚有的兩公里長管路遲遲無法再前進，因為外海黑潮往北流的牽引，將海面上的管子拉成一弧線，而非預期中的呈一直線。

眼看著無法突破目前的困境，千田的高橋先生找來海龍打撈的二少爺，當機立斷的決定另加派一艘拖船，到管子弧線的頂點處協助，一起往外海拖帶。

二少爺親自督軍，出發指揮第二艘拖船，來到管子弧線的頂點處。拖船將管子往南拉，企圖將管子拉回呈一直線，同時也慢慢的將剩下大約兩公里長、還留在岸上的管子，都拉出去到海上。

此時，另一股強烈的潮汐流在七星潭的海灣內造成迴流，將管子更往南牽引。海面上的管子呈現前段是向北的弧線、後段是向南的弧線，整條變成更複雜的「S」型弧線，仍然不是預期中的呈一直線。不論兩艘拖船如何的拉扯，海面上的管子宛如一條柔軟的麵線彎來彎去。

眼看海面上的狀況變得窘迫，官員和媒體記者也漸漸的感到狐疑並起了騷動，高橋先生只好在岸上用無線電呼叫二少爺的拖船，死馬當活馬醫的說：

「沉管，開始沉管！叫拖船開始把管內的空氣抽出來，讓管子沉下去。」

無線電傳回二少爺的聲音：

「但管子還沒拖到定位？」

「二少爺，管不了那麼多了，我們決定先沉管再說。前頭的拖船一邊在前端沉管，你那艘拖船到管尾的地方一邊從後端把它拉直嘛！」

高橋先生再用無線電直接指揮最前頭的拖船，開始將管內的空氣抽出。觀禮台上的司儀也配合演出的報告：

「大會報告，第一階段的拖管出海，現在已成功到達定位，開始第二階段的沉管作業。」

七星潭外海這時候颳起陣陣的東北季風，海面上開始出現風浪，管子現在不單是南北彎曲，更是上下隨著波浪起伏搖擺。最前方的拖船開始將管內的空氣抽出，海水逐漸流入，但因為管子隨著海浪上下震動，造成管內的海水與空氣不斷擾動而形成諸多氣泡，漸漸阻礙了空氣的流動。管內的空氣無法持續抽出，妨礙了海水繼續流入，那五公里長的管子只沉下近岸端的大約兩百公尺，就再也無法順利下沉。

觀禮台上的官員已經不耐煩的三三兩兩離席，媒體記者也收起攝影器材準備回去交差，大會司儀把握最後的機會報告：

「第二階段沉管作業也順利進行中，我們預計今天就可以完成我國第一條海洋深層水管的鋪設工程，感謝各位長官與媒體記者的蒞臨指導。」

水利署曹署長離席前，召來中肥馬副總耳提面命的說：

「沒問題吧？出事的話，你我官位都會不保喔！」

馬副總連連哈腰、唯唯應諾的送曹署長上了座車後，轉向千田的高橋，問：

「現在到底情況如何？」

高橋又是一貫的先來個九十度鞠躬，然後拍一下胸脯，說：

「No problem!」

但一場災難現在才要開始。高橋眼看管子無法下沉，而海面上已經是風浪洶湧，於是暗中和千田株式會社內部的工程師們悄然開會商討對策，並已做出斷尾求生的決定。也就是決定將已經沉下的那兩百公尺長的管子割斷，然後把由拖船拖住、還浮在海面上的管子拉回到岸邊，這樣就可以保住造價十億新台幣的海洋深層水管，然後讓管子繫在海岸邊錨碇的浮筒上，這樣管子就可以保持漂浮在海面上，等待風浪平息再做打算。

千田株式會社知道整個布管工程至此已明顯失敗，做出斷尾求生的決定完全是為了自保，此舉可以不失顏面的把布管失敗的責任推卸給海況不佳，也可以保住造價十億新台幣的水管。

□

在水下八十公尺處，近岸端管路的黑皮和士官長正注視著安東尼和理歐利用水下浮力袋牽引海洋端的管路，朝他們的方向游過來。四個人身上都只背著充填氮氣和氧氣混合比例的簡易水肺氣瓶，來做此次的潛水任務。此種氮氧潛水的好處是簡易、輕便、機動，不需要潛水鐘與減壓艙等重裝備，只要潛水人員在水下八十公尺處停留時間不超出二十分鐘，上升後不需要做減壓的手續。但這種潛水技術的缺點就是水底聯絡與通訊有限，僅能靠手勢溝通，而水底和水面 stand by 的人員則是完全無法即時溝通。本來湧興的潛水團隊並不贊成使用這種簡易的氮氧混合氣潛水，而建議採用傳統的氦氧混合氣潛水，搭配潛水鐘與減壓艙來作業，但因二少爺的海龍打撈團隊與希臘的潛水團隊堅持，他們的漁船與拖船都無法搭載潛水鐘與減壓艙等重裝備，最後湧興只好配合二少爺的潛水團隊，大家一致採用氮氧潛水。

黑皮、士官長、理歐和安東尼在水下八十公尺處，完全不知道海面上的布管作業已經失敗，現在將近岸端的管路法瑯和海洋端的管路法瑯，用十二根螺絲連接起來，已經完全沒有意義。更不知道海面上的人員正要切斷兩百公尺長的水管，這段水管連帶壓重水泥塊，每塊五噸重共有二十塊，將從海面上垂直落下。

在拖船上忙著指揮拖管作業的二少爺，也完全沒有料想到高橋已經暗中通知拖船上的日本技師將管子鋸斷。

忙碌中的二少爺突然聽到海面上有人在喊：

「二少爺！二少爺！……」

海面上出現一艘漁船，正在向二少爺的拖船接近，漁船上站著阿貴和阿文，兩人正用盡最大的力氣呼喊他。二少爺認出是阿貴和阿文後，很高興的向他們兩人揮手，但看到阿貴和阿文神情緊張的兩人兩隻手都正在指向他拖船上的吊桿。二少爺轉頭定神去看他的吊桿，吊桿仍高高掛著那條水管，水管一端垂下入海的部分是已經沉入海中的那一端，另一端垂入船上、延伸出去的，是通往外海五公里長的那一端，但……

「咦!?」

二少爺緊張的發生疑惑的聲音。為什麼通往外海五公里長的那一端已經被分開了？不，是已經被人剪斷了！而且二少爺正好看見船上的兩位日本技師匆忙的拿著一具大型油壓剪離開現場。

二少爺方才百思不解的狐疑，現在終於明白過來。日本人早就打算拋棄尾端的兩百公尺管路，來保住前端的四千八百公尺管路，現在只要將吊桿的吊勾一鬆，整段兩百公尺的管路就會滑落到海底。日本的千田株式會社事後大可以說是強烈的風浪打斷後端的管路來卸責，但這兩百公尺長的管路連帶二十個五噸重的水泥塊瞬間滑落下去，不就剛好砸到水底下正在做接管作業的理歐、安東尼、士官長和黑皮嗎？

「水管要斷了！通知海下潛水員，海面上的水管要斷了！通知理歐、安東尼、士官長和黑皮，任務取消了！……」

二少爺大聲的向阿貴和阿文嘶吼，但海面上風浪太大，剛才天空上的雲絮也轉成雨滴飄落而開始下起雨來。風聲、浪聲再加上雨聲的掩蓋，任憑二少爺吼破嗓子，仍然無法把這個訊息傳遞給漁船上的阿貴和阿文。二少爺開始使用手勢，一手指著吊桿，另一手在自己的頸部來回切割，終於讓阿貴和阿文明白，管子即將斷裂沉入海底，必須即刻通知海底下潛水員取消潛水任務。

望著阿貴和阿文的漁船加速離去，開往前方的潛水作業船，二少爺知道他現在必須做的是穩定船尾吊桿，不讓吊勾鬆脫。不到最後一刻，絕不能讓這兩百公尺的管子滑落下去。他自己坐上吊車的駕駛台，親自操控吊桿，把啟動馬力加到最大，一鼓作氣的想把整段兩百公尺的管路拉上來。但兩百公尺長的管子加上二十塊五噸重的水泥塊，再加上現在附加水質量的動態重量，總重應該已經超過兩百噸，吊桿不但沒有將管子拉上一公分，整艘船的船尾反而被水管拉沉入海。水面上洶湧的海浪湧上拖船的後甲板，再來回衝撞甲板的左右舷，整艘拖船瞬間劇烈的左右橫搖與前後縱搖。拖船上千田株式會社的日本技師正在船頭處努力固定那段四千八百公尺長的水管，前後水管的拉扯更讓整艘拖船似乎就要被撕裂開來。

東北季風不斷的吹襲，七星潭的海浪不斷的湧上二少爺的拖船，浪花不斷的在甲板上碎裂開來，吊桿上垂吊下來的水管和水泥塊在海浪的簇擁下，來回猛烈的撞擊拖船的船尾。終於，有一水泥塊卡在拖船的尾舵與螺旋槳的槳葉之間，水泥不堪與鋼鐵的碰撞開始剝落，露出水泥塊內的鋼筋，變成更嚴重的鋼筋和槳葉，鋼與鋼的直接摩擦、碰撞、纏繞。二少爺坐在吊車駕駛台上清楚的聽見，在東北季風的背景呼嘯聲中，參雜著尖銳的鋼筋與螺旋槳糾纏的聲響，這聲音淒厲的劃破黃昏時分的七星潭海域。二少爺知道再不把水管鬆開，螺旋槳與尾舵的損傷將造成船隻的尾軸漏水，海水就會直接從尾軸處灌入機艙，這艘拖船將無可避免的迅速沉沒，船隻一沉沒，前頭四千八百公尺長的水管也將不保。他現在該做的明智之舉、合理抉擇，是當機立斷的鬆開吊桿上的吊勾，讓船尾那區區兩百公尺的水管滑落、沉入海底。只要他輕輕一按控制鈕，就可以保住他的拖船，救回四千八百公尺長的水管，要不然船隻一沉沒，他和船上十幾位船員、技術員，都必須做棄船、落海求生的打算，他的海龍打撈家族事業也就此毀在他手上了。但……按下控制鈕，不就等於謀殺海底下的潛水員理歐、安東尼、士官長和黑皮嗎？

正當二少爺在遲疑該如何處置時，一個大浪的波峰湧向船尾，將整個船尾抬離海平面五六公尺。

本來就已經繃緊的吊桿鋼纜隨著海浪突然上升，將那段兩百公尺長的管路拉抬上來五六公尺，海中管路的水泥塊隨之撞擊尾舵發出巨響，然後船尾又隨著海浪的波谷重重回落海平面下五六公尺。這次換整支吊桿發出巨響，吊桿上的鋼纜並沒有斷裂，是吊桿基座和尾甲板接合處，因常年生鏽而強度減弱的尾甲板被這一上一下的海浪力量給撕裂開來的聲音。整座吊桿基座開始向船尾傾斜，幾乎是下一刻就要與船隻分離而跌落下去……

□

在水下八十公尺處的黑皮和士官長，指引著理歐和安東尼游向他們的位置。安東尼一手扶著水管的法瑯接頭處，一手扶著法瑯接頭上的浮力袋，利用浮力袋的浮力來中和水管的重量，因此這條兩百公尺長的水管在水中呈現幾乎是無重量的狀態，可以輕易的讓安東尼搬動；理歐則利用一條繫繩繫住水管前頭的法瑯，朝著士官長和黑皮的方向游過來。終於，理歐來到士官長面前，海洋段的水管與近岸段的水管即將會合連接在一起。理歐和士官長協力克服海底下水流搖擺著水管的困擾，將兩端管子盡可能密合在一起。黑皮抓住時機，迅速將一根螺絲插入最上端的法瑯螺絲孔，安東尼也迅速將一根螺絲插入最下端的法瑯螺絲孔，之後四個人同時比出OK的手勢。銜接作業進行得很順利，接下來只要將法瑯上的十二根螺絲都插入，再將十二根螺絲全部轉緊，銜接作業就算大功告成，四個人就可以完成任務回到水面上。

正當黑皮、士官長、理歐、安東尼四人全神貫注在鎖緊螺絲的作業時，水中出現第五位潛水員來到他們前面。大家認出是應該在水面上 stand by 的強納森，強納森右手拿一塊水底記事板置於胸前，上頭寫著：

「Emergency! Up!」

強納森左手比出大拇指朝上的緊急上升手勢，這時候五人的頭頂上突然落下大大小小的水泥塊碎屑。黑皮、士官長、理歐、安東尼四人雖然不知道水面上發生什麼事，但強納森的出現再加上水泥塊的崩落，這現象只有一種解釋，那就是：

「發生緊急意外事件！」

也只有一種處理方式，那就是：

「緊急上升！」

但要從水底下八十公尺處緊急上升，並不是拋下身上不需要的重裝備、迅速向上浮出水面即可。上升必須要有減壓的過程，上升的速度也有一定的限制。而這次的緊急上升，還隱藏著一項考驗：「五人必須躲過這條兩百公尺的巨龍！」

這條巨龍兩旁有兩條斷裂的鋼索隨之揮舞，身上還背負二十座五噸重的水泥護體裝甲。

這條凌水而降的巨龍，在這逐漸昏暗下來的七星潭海底發出呼嘯的聲響，磅礡之勢先是擾亂了水流，然後接二連三的落在海床上，激起已在海底沉睡千年的沉泥。水泥與塵土在海床上炸裂開來，海床宛如正在被敵軍砲轟的陣地，士官長等五個人盡量保持聚在一起的隊形，頭上腳下，右手握拳上舉過頭，抬頭向上，眼睛注視上方水面，兩腳規律的踢動蛙鞋，迅速離開水底。

離開水底的五人所面臨的景象更是險惡，呼嘯的巨龍在水中來回搖擺、旋轉，然後下沉，牠的護甲（水泥塊）和牠的觸鬚（鋼纜）隨著龍身張牙舞爪、鋪天蓋地而來。五位潛水夫盡量守住隊形、保持冷靜，尋找空隙緩慢上升，期間雖然有人或被管路阻隔而暫時脫隊，也有人被水泥塊砸中，但最後都有驚無險的來到水中減壓站的位置。

所謂水中減壓站，是潛水人員為了減壓而事先設置在水面下十公尺處的一個浮球，浮球位置懸掛數個空氣瓶，讓潛水員可以在此處一邊休息、呼吸，一邊減壓。浮球下方利用繩索與錨鍊錨碇於海床上，浮球上方則利用繩索與海面上的潛水船連接。

使用氮氧潛水技術的潛水夫，因為水面上並沒有設置減壓艙，必須完全靠水中減壓。黑皮、士官長、理歐、安東尼和強納森五人已經脫離了巨龍的威脅，一行人現在必須停留在水中減壓站的位置，休息、呼吸與減壓大約十分鐘，讓體內殘留的氣體逐漸從呼吸的過程中藉由新陳代謝排出體外。若沒有在此減壓站做減壓的手續而即刻浮出水面，就會造成罹患潛水病的嚴重後果。

五個人都已安全的抓住減壓站的繩索，正互相比出OK的手勢，詢問對方是否安好，一方面也都露出歷劫歸來的欣慰表情。士官長這次主動的面向強納森，左手比出OK的訊號，右手暫時鬆開本來抓住的減壓站的繩索，做出一個標準的海軍徒手敬禮姿勢，向強納森致敬。士官長知道這次能平安脫險，完全要歸功於即時潛到海底通知大家的強納森。強納森也恢復他那西部牛仔的浪漫本性，左手向士官長比出OK的訊號，右手也暫時鬆開原本抓住的減壓站繩索，要做出西部牛仔脫帽回禮的動作，但因為頭上沒有那頂招牌的牛仔寬邊帽，強納森乾脆脫下他的面鏡，代替他的寬邊帽，來向士官長點頭致意。

就在士官長和強納森兩人開心的互相耍寶時，強納森突然發覺前方士官長的模糊影像好像正在下沉，趕緊將面鏡帶回頭上，猛力的做面鏡排水的動作，恢復他的水中視力。這時才驚覺，士官長後肩的潛水氣瓶頭的位置，不知何時被一斷裂鋼纜的尖銳鋼絲給勾住，而這鋼纜的後方是一大串鋼鐵機件，看起來很像是船上的起重機吊桿。這吊桿正迅速的往海底墜落，連帶把士官長拖往海底。

強納森迅速換成頭下腳上的姿勢，奮力的踢動蛙鞋，企圖追上士官長。黑皮在上方看見他們兩人消失在幽暗的海水中，也鬆開他本來抓住減壓站的繩索，想去追上他們。理歐和安東尼這時都伸手抓住黑皮，不讓他向下游。理歐向黑皮做出兩手交叉於胸前的「stop!」手勢。黑皮恢復冷靜與理智，向理歐和安東尼做出OK的手勢，表示自己已經同意他們倆的處置。黑皮心裡知道強納森追下去的動作是正確的、必須的，但是他自己或是理歐、或是安東尼追下去，就是不正確、不必要的處理方式。黑皮、理歐、安東尼三人在連接近岸端與海洋端管路時，已經在海底停留太久，身體累積過多的氮氣，現在若再下潛，極有可能造成複雜的空氣栓塞症或減壓症，就算追上了士官長，身體的狀況不但無法有效解救士官長，可能還會成為強納森另一項負擔。

強納森奮力踢水向下的速度遠低於士官長被起重機拖帶沉入海底的速度，強大而急速的水壓變化使得強納森的耳膜遭受擠壓而極端疼痛。強納森忍著疼痛，一邊捏鼻、閉口、吐氣，做出耳壓平衡的動作，一邊持續踢水下潛，耳朵的疼痛終於逐漸解除，但胸部肺臟也出現受擠壓不適的胸悶症狀，這是使用氮氧潛水技術時在水壓急速變化下，吸入氧氣的濃度隨之急遽變化產生的生理現象。而且強納森因為運動量過大、耗氧太快，逐漸產生昏眩的感覺，但憑著他那牛仔個性、不服輸的超人意志力，強納森還是迅速潛到八十公尺深的海底，並利用他頭前的潛水照明燈搜索士官長的蹤影，終於發現了士官長。

士官長的眼睛仍然炯炯有神，嘴裡仍然咬著呼吸嘴，但他嘴角不斷的抽動，兩手也不停的抖動，顯示士官長在剛才被急速拖下的過程中，可能已經遭受空氣栓塞症的襲擊。但士官長仍極力保持神智清醒，也對著前來營救他的強納森比出OK的訊號。強納森回給士官長OK訊號後，雙手伸過去想抱起他，這時候才發覺士官長腰部以下被吊桿支架重重的壓住。強納森身上並沒有攜帶任何工具，光憑兩隻手，有再大的神力都無法搬開這吊桿。強納森起身在這海底吊桿四周游走，企圖找出解決的辦法，終於找到了一根鐵條。

強納森回到士官長身邊，將鐵條伸入吊桿底部，利用槓桿原理全身用力將吊桿撐離。士官長腰部出現一小空隙，可以將下半身抽離出來，但士官長嘗試了幾次，卻無法移動他的下半身，看來士官長下半身的運動神經已經無法接受使喚，也就是說士官長的下半身已癱瘓。強納森只好慢慢降下那根鐵條，吊桿重新壓住士官長的腰。強納森又在附近游走，這次兩手環抱一個大水泥塊游過來。強納森再次將鐵條伸入吊桿底部，一面向上撐起吊桿，一面將那水泥塊用腳推入吊桿下方，使吊桿不再回落。終於，鐵條撐開了吊桿，水泥塊頂住吊桿底部固定不再滑落。強納森彎下腰去，兩手拉住士官長腋下，將士官長拖出吊桿。這位一直是士官長最看不順眼的外國人、最被士官長數落的同班同學，正冒著他的生命危險，在這八十公尺深的海底，沒有人看見、沒有人關心的黑暗角落，發揮著他最大的智慧、最後的體力，解救士官長的性命。

將士官長拖出吊桿的強納森，因運動過量、呼吸過度而呈現缺氧現象。他胸口疼痛，他頭部昏眩，他視力縮減，眼前的畫面逐漸縮成宛如隧道內的小區域視覺。他的呼吸量大而急速，但他的心跳無法和呼吸配合，吸入的氧氣來不及溶入血液中，血液的輸送也來不及供應身體組織所需的耗氧量。他要是再不停下來休息，恢復呼吸系統與循環系統的平衡，那麼他會比士官長更早昏迷在這海底，但他必須完成把士官長帶回水面和大家會合的任務。八十公尺深的距離，不可以冒然的充氣藉著浮力自動浮出水面，這會使士官長的空氣栓塞症更嚴重。強納森只剩下最後一個方法，那就是靠他踢動蛙鞋緩慢的上升，但此時的他太虛弱了，每用一下力去搬動士官長，他的頭就開始昏眩，他的視力就又變成隧道內的景象。強納森抬起頭來看上方水面，似乎在期待奇蹟的出現。

突然間，奇蹟真的出現了。水面上出現了三個亮點，那亮點逐漸擴大，後方出現的身影是三位潛水夫：黑皮、理歐和安東尼。強納森知道，一定是他的夥伴聽見他的呼喚，是他的夥伴下來救他和士官長了。

□

海面上，二少爺的拖船因為尾軸受損，船尾機艙大量進水而開始沉沒。還沒等到二少爺發出棄船的指示，船隻已經從船尾處下沉了一大半，整條拖船與海平面呈四十五度角傾斜，將船頭高高舉離水面。慌亂中，船上的工作人員顧不得放下救生艇，各自穿上救生衣就紛紛從拖船上跳下海，並未依循該有的海上逃生動作。

此時，搭載阿貴、阿文和漁會王總幹事的漁船，及時趕到二少爺拖船附近的海域，利用強力探照燈搜索海面上的落水人員，並一一將他們救起。

救護車不斷來回於七星潭海邊與花蓮門諾醫院，緊急後送的傷患塞爆了門諾醫院的急診室，黑皮、理歐、安東尼和強納森也被安置在急診室的四張擔架上，四個人正目送一輛救護車離開。這輛救護車不是要再回七星潭接送傷患，而是要連夜經蘇花公路趕去基隆海軍醫院，救護車內躺著已經昏迷的士官長和坐在一旁照顧他的黃毛。

士官長被黑皮、理歐、安東尼和強納森帶回水面後，一直呈現昏迷的狀態。門諾醫院的醫師確定他的空氣栓塞症已經侵襲到心肺功能，必須立即進入減壓艙治療，而全花蓮地區都沒有減壓艙設備，離花蓮最近、有減壓艙的醫療單位，一個是高雄海軍醫院，另一個是基隆海軍醫院。得了空氣栓塞症的病患不可以乘坐直升機後送，因為高空處壓力的變化會使病情更加惡化，故連夜以救護車經蘇花公路後送基隆海軍醫院，成為拯救士官長唯一的選擇。

救護車一路冒著傾盆大雨疾駛於蘇花公路上，過了清水斷崖處突然停下來，司機打開後座的視窗跟黃毛說：

「前面路坍方了，救護車過不去，必須回頭。」

黃毛不死心的自己下了救護車走過去查看，前方已有三四輛轎車停在坍方的土石流後面，似乎還可以看見一輛箱型車被埋在裡面。坍方的區域非常廣泛，泥水持續從山壁宣洩到路面，再繼續流向下方的峭壁，路基也隨著泥水滑落了一大塊，看來救護車是無法通過了。黃毛回到救護車內望著昏迷的士官長，心急如焚的思索解決辦法，最後敲著車內視窗，跟救護車司機說：

「掉頭改走南迴公路，病人改送高雄海軍醫院！」

司機原以為黃毛會決定原車在此等待，等雨停、路面坍方移除後再繼續前進，沒想到黃毛居然會做出改送高雄海軍醫院的決定。看到黃毛堅定的表情，司機也了解事態的緊急，配合的把救護車掉轉回頭。

但救護車才開了幾分鐘，司機又把車子停下來，跟黃毛說：

「對不起，黃毛，現在前方的回頭路也坍了。前後路都斷了，我們已經被困在清水斷崖動彈不得，我看只好停下來等了。」

黃毛又走下救護車查看，剛才經過的清水隧道口，果然已被滾滾泥水與土石堵住，無法通行了。

黃毛走回救護車內，將士官長從擔架上扛出來，背在背上，跟司機說：

「救護車不能走，但我的夥伴不能等，他必須立即送入減壓艙接受治療。我背他走下清水斷崖，沿著海岸線往北走，過了坍方區再爬上清水斷崖，回到蘇花公路上。希望能在那裡找到車子，送我的夥伴去基隆海軍醫院。」

司機連連搖頭，說：

「黃毛，你別開玩笑了！清水斷崖連山羊都下不去，現在下著大雨，你背著病患是不可能走下斷崖的。就算讓你走下斷崖好了，沿著海邊往北走更是不可能，斷崖下全是嶙峋的岩石，毫無砂岸可行，然後你還要再爬上斷崖，回到蘇花公路，那更是比登天還難啦！」

黃毛心裡也明白這個困難度，但眼前就只剩下這個辦法。為了能及時把士官長送出花蓮，黃毛只好向司機致謝並告別，將士官長緊緊綁在身上，離開救護車，沿著山邊崖壁尋找下山之路。士官長一百多公斤的重量，幾乎是黃毛的兩倍重，重重壓在黃毛身上。黃毛保持上半身九十度前傾的姿勢來負荷士官長的重量，面向山壁，手和腳保持四點接觸、逐點交替，以「之」字形路線移動向下。頭頂的雨水一直落下，山澗泥水不時從手邊、腳邊流下，山壁上的岩石更是溼滑，泥土因含水飽和而特別鬆動，一不小心若手沒抓牢、腳沒踩穩，兩人就會摔落兩百公尺深、九十度垂直的峭壁。

黃毛終於平安的背著士官長垂降下了崖壁來到海邊。海邊地形並不平坦，大小岩石凸出於礫石中，海浪不斷拍打岩石和來回湧上礫石。雖然已經到達體力極限，但仍須繼續前進，再嶙峋的岩石、再洶湧的浪花，黃毛都咬著牙，一步一步撐過去。但前面的路段出現一處海水溝，這海水溝黃毛必須游泳才能渡過，但士官長的病情是否還能忍受水裡來浪裡去的煎熬，讓黃毛極度擔心。

其他的潛水夥伴，如黑皮、強納森、理歐和安東尼等，都因為過度且重複潛水，加上沒有適度減壓，被留置在門諾醫院接受治療。阿貴和阿文則都還在七星潭海面上處理海難事件。在這次的潛水任務中，黃毛是唯一沒有乘船出海、沒有背氣瓶下海的潛水員，他被分派到的任務只有緊急後送士官長去接受減壓艙治療。如果被這海水溝給阻攔，如果連這樣的任務都沒辦法達成，如果黃毛再次失去他的潛水夥伴，這將是他一輩子都無法擺脫的內疚。

黃毛輕輕將士官長從自己肩上卸下，找了一稍能避雨的岩石處，讓士官長躺下來，自己則在海岸邊來回尋找，希望能找到一些可用的道具與器材，來組合出一件浮具和一具擔架，好讓士官長可以躺在擔架、浮在水面上，然後他可以推士官長橫渡這段海水溝，讓士官長免於泡在水裡。但該處海岸由於大雨的沖刷，將原本一些可供利用的保麗龍、浮球、漂流木等都沖入大海，黃毛失望而疲憊的站在海岸處，望著外海太平洋，滿心的懊惱與沮喪。

此時，太平洋處出現兩個亮點，後方出現兩道人影，一副潛水夫的裝扮，那亮點正是潛水夫的招牌標誌——潛水頭前燈。黃毛正在遲疑自己是不是眼花，在這風雨交加的夜晚、連山羊都到不了的海邊，怎麼會出現兩位潛水夫？這兩位潛水夫正毫不遲疑的朝自己的方向接近，好像他們是專程來到此地等待黃毛的出現似的。

終於，黃毛看清楚了，這不是幻覺，熟悉的潛水夫身影一位是阿貴、一位是阿文。黃毛此時喜出望外，興奮不已，他知道他不必再孤軍奮戰了，他需要的援軍出現在他最需要的時間與最需要的地點，這簡直就是奇蹟！

「阿貴、阿文！你們怎麼會在這裡？」

「是拖鞋指示我們過來的。」

「但是……拖鞋怎麼會知道我在這裡？」

「黃毛，蘇花公路因為大雨沖刷，整條路坍方了十幾處。拖鞋算了一下時間，估計你們會被困在清水斷崖，拖鞋說你一定不會待在車內等路修通，應該會自己出來想辦法，而爬下清水斷崖、走水路可能會是你選擇的方式，於是拜託漁會王總幹事，冒著風浪開船載阿文和我來這邊接應。我們剛才在海上清楚的看見你背著士官長走下斷崖，所以王總幹事就將船開近岸邊來，但海岸風浪太大，船隻無法接近，我和阿文就游過來了。」

黃毛聽完阿貴的說明，再次由衷佩服拖鞋的料事如神，而這種潛水團隊間生死莫逆的友誼與默契，也再次讓他感動萬分。

「阿貴、阿文！拖鞋有建議接下來如何處理嗎？」

「拖鞋說，蘇花公路前後都已封路，只能走水路才出得去，所以我們必須搭王總幹事的船載送士官長直接去基隆。」

「好吧！就這麼處理。阿貴、阿文！我們一起協力抬士官長游上船，希望他還撐得住！」

□

七星潭一夜的風雨終於過去，第二天一早晨曦微露，二少爺走出門諾醫院急診室透透氣，耳邊傳來急診室內強納森咆哮的聲音：

「二少爺！You, MURDERER!」

二少爺沒有理會強納森的辱罵，繼續走出急診室。他的拖船昨天已經沉沒，他和他的工作人員都是靠王總幹事和阿貴、阿文及時趕到才能脫險，他自己也是受害者。

二少爺看見陳老闆站在急診室外，正拿著一份報紙盯著看。二少爺走過去和陳老闆打招呼，陳老闆把報紙遞給他。二少爺看見報紙頭條斗大的標題：

「我國完成全東亞最大海洋深層水管工程」

旁邊還附上一張他的拖船正拖著水管入海的巨幅照片。二少爺乾笑兩聲，搖著頭把報紙還給陳老闆。陳老闆手指著前方說：

「你要不要過去和他們說一說？」

二少爺順著陳老闆手指的方向望過去，前面有三個人正聚在一起說話，一位是水利署曹署長、一位是中肥馬副總、一位是日本千田株式會社的高橋先生。馬副總手中也正拿著一份報紙，打開頭版處給曹署長說明。曹署長臉上露出滿意的表情，馬副總也隨之露出喜悅的微笑，一旁的高橋先生更是得意的笑出聲來。

二少爺說：

「陳老闆，還沒向你致謝呢！他們那些官商的嘴臉我們倆也見多了，就不必去攪和了。你的潛水人員都無事脫險了嗎？」

「士官長得了空氣栓塞症，昏迷不醒，情況並不樂觀，希望他吉人自有天相吧！」

陳老闆說完士官長的情形後，兩人的心情轉為沉重，不知道黃毛、阿貴與阿文有沒有把士官長及時送達基隆海軍醫院。

拖鞋這時候從外頭快步來到陳老闆和二少爺面前，說：

「陳老闆、二少爺！我剛從七星潭海邊過來，海邊出事了。昨晚被救回來，本來錨碇在海邊的那段四千八百公尺長的水管，因為錨碇的位置離岸邊太近，不堪碎浪的衝擊，剛才已經斷成三截。離岸最近的這一截被海浪沖上防波堤的消波塊上，離岸最遠的那一截沉入七百公尺深的海底，中間那一截隨著黑潮往清水斷崖的方向漂走了。」

陳老闆吃驚而不自覺的說：

「慘了！」

二少爺說：

「那這項耗資十億新台幣的工程，不就完全付諸流水了！」

「什麼!?」

正當陳老闆和二少爺兩人持續聽拖鞋說明海邊的情況時，遠方傳來有人咆哮的聲音：

「馬副總！這件事你要給我負起全責來。報紙頭條都已經報導布管成功了，怎麼會發生管子不見了的事情？你工程是怎麼做的……」

是曹署長的聲音，

馬副總和高橋先生兩人呆立在曹署長旁邊。馬副總手上的報紙被曹署長一手搶下，用力甩到地上，報紙隨風一飄，正好飄到拖鞋腳下。拖鞋將報紙撿起，正好看見斗大的新聞頭條：

「我國完成全東亞最大海洋深層水管工程」

10
綠血

黃毛走入眷村大門，正在躊躇應如何向人打聽翠涵的住處時，背後傳來聲音：

「你是黃毛先生嗎？我是翠涵。你應該是來找我的，對嗎？」

黃毛回過頭去，看見一皮膚白皙、面貌姣好、直髮後梳、額頭劉海、身形纖瘦的女子正對著他說話。

黃毛心想，難道她就是翠涵？但為何翠涵會認識他？知道他要來找她？這女子似乎看出黃毛的遲疑，又接著說：

「士官長每次回來都會提到你唷！」

黃毛點了一下頭，表示自己是黃毛，但臉上表情還是很疑惑。這女子露出淺淺的微笑說：

「你心裡在想，我怎麼能夠認出是你，是嗎？」

黃毛又點了一下頭，但還是沒想出該說什麼話。女子又幫他把話接下去，說：

「一頭黃頭髮，像枯黃的稻草，士官長說得一點也沒錯！」

黃毛露出一臉傻笑，用手摸了一下他頭上那招牌黃頭髮。

女子沉默了一下，然後改用比較緩慢而清楚的語調說：

「士官長……過世了，是嗎？臨終前有受到很大的痛苦嗎？希望老天不會這樣對待他！」

黃毛此刻更是接不上話。自從踏入這個眷村，一直都是這女子在幫他問、也幫他答，黃毛到現在還沒擠出一句話來。

女子把她投射在黃毛臉上的目光挪開，轉而望著眷村四周的景物說：

「生活一輩子的眷村都要拆了，人事也都全非了，恩怨情仇也都該一筆勾消了。對嗎，黃毛老哥？」

黃毛急著要擠出一句話，開口說出：

「翠涵小姐……」

翠涵把目光移回到黃毛臉上，兩人正好四目相接。黃毛心一虛、情一急，要說的話又全部吞了回去。

翠涵又幫著黃毛說話：

「士官長每一兩個月都會回來一次，把他辛苦潛水賺來的錢交給我，但這次已經超過三四個月都沒有他的消息，除非士官長發生意外，否則他不會不回來。士官長跟我說過，他和你，黃毛老哥，曾經打賭看誰會先走一步，後走的那一位必須負責先走的那一位的後事。今天士官長沒有回來，而黃毛老哥你出現在我面前，我就已經猜出這個賭注的輸贏了。告訴我，黃毛老哥，士官長是否走得很安詳？很心安理得？」

黃毛紅了眼眶，強忍住的淚水在眼眶裡打轉，激動情緒下反而更找不出一句適合場景的話來，於是勉強開口：

「翠涵小姐……」

但還是只有這四個字，就又接不出下文來……

翠涵把目光飄向眷村入口的一棵老榕樹，緩和大家的情緒。樹下有一老人坐在輪椅上，輪椅旁有一中年男子兩膝跪地，跪在那老人面前。突然間，那老人憤怒的大吼一聲：

「滾！」

老人中氣十足而響亮的聲音，不但打斷黃毛與翠涵的談話，整個眷村的街坊鄰居也都聽到了。

那中年人仍然兩膝跪地，但似乎開口說了話。老人再次大聲斥責：

「你不用叫我，我沒你這個兒子！」

黃毛突然覺得那中年人有點眼熟，翠涵也似乎看出黃毛正滿臉疑惑的打量那個中年人，於是再次主動幫助黃毛解答：

「這是老戲碼了，幾乎每個月都會上演一次。跪在地上的是王國棟，士官長應該有對你提起過他，輪椅上坐的是王國棟的老爸……」

黃毛點點頭，認出那人的確是王國棟，也想起士官長跟他提過的有關士官長、王國棟、翠涵他們三人的一段恩怨。

老人似乎更加生氣了，抓起身邊的拐杖往王國棟頭上連揮好幾下。街坊鄰居看不下去，紛紛出來勸阻，兩三人收起老人的拐杖，推著老人離開。其他人則扶起王國棟，半推半送的把王國棟請出眷村大門。

「黃毛，幫我把這疊信交還給王國棟先生，好嗎？」

翠涵從身旁拿出一疊厚厚的信件要交給黃毛。黃毛因為接二連三的突發事情而反應不過來，滿臉的疑惑，不知是否該伸出手去接下那疊信。翠涵只好繼續說：

「這是王國棟寫給我的信，從他出國那天開始，一星期一封，連續十年沒有間斷過。」

黃毛接過那疊信，深呼吸一口氣，整理一下自己的情緒，準備向翠涵說出他今天的第一句話：

「翠涵小姐……」

翠涵知道黃毛終於要告訴他士官長的事情，很專注的看著黃毛，等著他的下文。黃毛又深呼吸一次，然後說：

「翠涵小姐，士官長還活著……」

翠涵睜大了眼，雖然極力想保持臉部表情的平靜，但心裡突然洶湧的波濤仍使她忍不住搶話：

「那他為什麼這麼久都沒有回來？」

「翠涵，士官長四個月前在花蓮潛水發生意外，得了空氣栓塞症，送到基隆海軍醫院接受減壓艙治療期間都還是昏迷不醒，直到前幾天才甦醒過來。醫師說他必須持續接受治療，但醫師們並沒有把握士官長的情況是否會好轉，有可能恢復記憶，也有可能這輩子都是植物人狀態。」

黃毛終於一口氣把他要說的話，一次全部說完。

翠涵閉起眼睛，但眼淚還是從眼角流下。黃毛因為終於把話說完而覺得舒坦許多，但看見眼前的翠涵淚流滿面，又懊惱自己剛才是否說得太不婉轉、太沒技巧了。

但話已經說出去就再也無法彌補收回。黃毛對當下情景一時不知所措，也深怕再待下去會和翠涵一樣潰堤，決定起身離開。

「黃毛老哥……」

翠涵叫住了黃毛。翠涵不知何時已收起淚水、睜開眼睛，用很安詳的表情、很平靜的語氣，說：

「黃毛老哥，謝謝你告訴我士官長還活著這個好消息。士官長很有福氣能有你這樣的朋友。士官長照顧了我上半輩子，我無以回報，所以老天給了我這個機會來照顧士官長的下半輩子。老天對我太仁慈了。」

再次不知道該如何接話的黃毛，尷尬而毫無前後邏輯的冒出一句辭別的話：

「那我先走了！妳自己好好保重！」

黃毛起身辭別了翠涵，快步走出眷村。這時，突然有人叫住他：

「黃毛，我是王國棟。」

黃毛停下腳步。王國棟從眷村外面的街角處走出，說：

「黃毛，麻煩你把這封信交給翠涵好嗎？」

黃毛一看，又是一封和翠涵交給他那疊一模一樣的信，他無奈的輕嘆了一口氣，對著王國棟又搖頭又搖手的說：

「夠了，你不用再寫了。這一疊你以前寫給她的信是翠涵要我還給你的，她每一封都留著，但連一封都沒拆開來看過。翠涵早就原諒你了，是你無法原諒你自己而已！」

那一疊信散落在地上，黃毛沒有理會一臉錯愕後茫然矗立的王國棟，邁步離開眷村，耳邊彷彿又聽見翠涵在說：

「生活一輩子的眷村都要拆了，人事也都全非了，恩怨情仇也都該一筆勾消了。對嗎，黃毛老哥？」

□

基隆阿貴海產店今晚聚集了第二屆職業潛水訓練班學生，在慶祝他們終於完成六個月的訓練，即將正式踏入職業潛水行業。第一屆的學長，包括黃毛、黑皮、阿貴、阿文和強納森，也藉這個機會來到現場，連健福也特地請假專程從泰國趕回來參加，一起為這批新血加油打氣，順便敘舊。阿倫代表第二屆的學弟過來和學長們敬酒：

「黃毛學長、黑皮學長、健福學長、阿貴學長、阿文學長、強納森學長，你們這一年來在職業潛水界的付出與貢獻，是我們這批學弟最大的典範。我代表學弟們敬大家一杯，也同時一起敬今天無法出席的學長：阿凱學長、阿森學長、原住民學長和士官長學長。」

大夥聽到阿倫一一點名阿凱、阿森、原住民和士官長，本來歡樂的場合添加了些許沉重的氣氛，而這夥人少了士官長的帶動與原住民的耍寶，場面也一直熱絡不起來，直到在店門口忙碌的阿貴嫂突然跑進來大聲嚷著說：

「大家趕快看！是誰來了？」

門口處一台輪椅被推進來，輪椅上坐的是士官長，推著輪椅進來的是翠涵。大夥兒連忙起身，將圓桌挪出一個位子，讓翠涵把士官長推進來和大家一起圍在圓桌旁。黑皮首先開口：

「我就知道，只要有酒喝，士官長一定會出現！」

阿倫搶到第二個發言，說：

「士官長，一年前你答應過我，等我從潛水訓練班畢業，你要請我喝酒，要把黃毛欠我的酒統統把它喝回來的喔！你還記得嗎？」

翠涵拿出一個保溫杯，打開杯蓋，把保溫杯拿到士官長右手掌的位置，伸手將士官長的手指一一扳開，再一一握住保溫杯，然後說：

「醫師說士官長不能再喝酒了，所以士官長已經改喝茶。士官長就以茶代酒敬大家一杯囉！」

翠涵協助士官長將保溫杯向上舉高，士官長的手臂與手掌微微顫抖。大夥兒全體起立，高舉酒杯，幾乎是異口同聲的說：

「敬士官長一杯！」

有了士官長在場，儘管他已經喪失語言能力，但劫後重逢的革命情誼，讓大夥兒的氣氛馬上就轉嗨起來。強納森還一直在士官長耳邊講悄悄話，好像是在拿他那有錢的貴婦女朋友鄭太太和翠涵做比較，講到關鍵處，還一副怕被翠涵聽到似的，神祕兮兮的改用英文說話，最後還故意讓大家都能聽見似的拉高分貝做出結論，說：

「So, you and I are lucky men, and you are more lucky than me!」

這些男人酒後笨拙的此地無銀三百兩的語言，翠涵都在一旁很得體的應對。阿倫也帶著第二屆的學弟們前來致意，這些學弟幾乎是以崇拜潛水界傳奇人物的心態，前來朝見士官長的廬山真面目。一直在一旁保持沉默的黃毛終於開口說話：

「第二屆的學弟們，今天你們敬士官長的酒，我都代士官長喝了。誰能喝贏我，就可以取代士官長的位子，成為我們第一屆學長的潛水夥伴，明天就和我們一起去七星岩打撈沉船！」

「我來！」

發出豪語的居然是阿倫。阿倫右手持一瓶啤酒，左手拿兩個空杯，一派豪氣的在黃毛面前坐下來，將兩杯啤酒斟滿，說：

「我代表第二屆的學弟，一個人單挑你和士官長兩個人。」

這個黃毛從小一手帶大的弟弟，轉眼間已長大成人，如今正以初生之犢的姿態坐在他對面，豪氣萬千的向他公開挑戰。黃毛說：

「這樣吧！阿倫，你喝一杯，我就跟著你喝一杯，然後我再幫士官長喝一杯，也就是我兩杯對你一杯，免得大家說學長欺負學弟，看看最後是誰被抬出去！」

黃毛說完，轉身向士官長做了一個 OK 的手勢，這時候的士官長居然奇蹟似的有了反應。士官長吃力的慢慢抬起他的右手，將拳頭握緊，大拇指朝上，回敬給黃毛。全場人員一陣歡動，翠涵在一旁更是欣喜的落下淚來。黃毛和阿倫的這場兄弟鬩牆之戰，就在全體潛水夥伴的吆喝與助陣下展開……

□

七星岩位於台灣最南端的海域，地理上正好是太平洋與巴士海峽的交界處，黑潮也正好在此分流，主流繼續往北流經花東海岸，支流轉流入台灣海峽。七星岩四周海域水深都超過一百公尺，惟獨七星岩這一處有大大小小的礁石從海底隆起，七星岩的名稱也就是因為這些礁石而得名。這些礁石大都沒有超出海平面，平常風平浪靜時，很難從海面上看出海底暗礁的存在，因此時常會有船隻誤闖此水域而觸礁，上個月就又有一艘五千噸的貨輪在此觸礁、進水而沉沒。

阿倫隨著黃毛、黑皮、阿貴、健福、阿文和強納森，搭乘潛水工作船來到七星岩打撈沉船的作業現場，他昨晚和黃毛比賽喝酒，最後吐了滿地，但還是堅持和大家一起連夜開車，趕到屏東後壁湖漁港。今天一大早就又從後壁湖搭工作船出海來到七星岩，船搖晃得很厲害，阿倫忍住胃部的不適，把已經翻滾到喉嚨的食物再硬吞回去。這是阿倫的第一次職業潛水任務，他不能讓黃毛和其他的夥伴看出他還在宿醉。

黃毛在工作船上召集大家做潛水前的簡報：

「沉船位置的水深度是三十公尺，船隻噸位太重，無法用吊桿吊上來，船東希望我們用乙炔瓦斯來做水底切割，將船殼鋼板一片片切開，再用工作船的吊桿將船殼鋼板一片片吊上來。我建議我們從船頭處開始切割，分成三組：阿倫和我為第一組，從船頭左舷處開始切割；黑皮和阿貴為第二組，從船頭右舷處開始切割；強納森和阿文為第三組，從船頭甲板處開始切割。健福為 stand by 潛水員，留在工作船上隨時備便，支援大家。」

大夥兒聽完黃毛的簡報後，即刻開始穿著潛水裝備、準備乙炔切割工具。黃毛藉這個難得的機會問阿倫：

「訓練班有教你水底切割技術嗎？」

「有，水底切割是利用乙炔瓦斯、氧氣和高壓空氣這三種氣體來切割。高壓空氣用來將工作點的海水排開，乙炔和氧氣用來燃燒產生高熱熔解工作體，來達到切割的效果。」

阿倫一本正經的把水底切割的定義背誦一遍給黃毛聽，黃毛說：

「阿倫，你這樣死讀書是不行的。水底切割技術，在作業上有什麼安全注意事項，你知道嗎？」

「要注意切割手把的位置，避免不慎燒傷自己、或燒斷供氣管等……」

「不對！阿倫，你要記住，水下切割第一件事，是要在切割位置的上方先挖開一個洞。」

「為什麼要先挖開一個洞？」

「挖開一個洞，如果從那洞口處流出黑色的液體，它告訴你什麼事？」

「說明了裡面還有潤滑油、燃油等容易燃燒的液體，如果這時候點燃乙炔瓦斯，就會引起爆炸。」

黃毛，我懂了！」

「阿倫，你再記住，水下切割第二件注意事項是：只能由上往下切，不能由下往上切。」

「黃毛，這又是為什麼？」

「阿倫，切割時會產生未燃燒的瓦斯氣體，氣體會往上升，聚集在上層甲板處。如果你是由下往上切，切到最上方時，剛好上方聚集了很多殘留瓦斯，不就剛好引燃爆炸！」

黃毛這席話，真是讓阿倫上了最寶貴的一堂課。阿倫再次由衷的佩服黃毛，這位一手拉拔他長大的大哥，現今台灣潛水界的奇葩，正在傳承畢生經驗給他。

黑皮、阿貴、阿文和強納森四人都已經準備就緒，在船舷邊等待。黃毛拿著乙炔切割手把走在前面，阿倫跟在黃毛之後，提著切割手把後方的三條管路：乙炔瓦斯管路、氧氣管路和高壓空氣管路。黃毛用手勢再次確認大家 OK 之後，和阿倫兩人同步從船舷縱身躍入海面，黑皮、阿貴、阿文和強納森四人也隨即如法炮製的進入水面，六人在水中再次彼此做出 OK 訊號後，三組人馬分別往不同的三個位置出發。黑皮和阿貴這一組往沉船船頭的右舷游去，強納森和阿文這一組朝沉船船頭甲板游去，阿倫隨著黃毛之後游向沉船船頭的左舷。

太平洋海水非常清澈，水中一百公尺外的景物仍然清晰可見。沉船清楚的出現在阿倫正前方，船底坐礁處水深只有三十公尺，船舷高度從船底到船頭甲板大約有十公尺高。阿倫抬頭看一下水面處，清楚看見 stand-by diver 健福在工作船船舷處伏身觀察他們六人動向的水面倒影。

黃毛首先停留在左舷上方觀察，並拿出潛水刀找到一處船舷鋼板的裂縫，將裂縫扳開成更大的孔隙，並將面鏡貼近孔隙處，觀察鋼板內船艙的情況，確認裡面沒有易燃物等不明物體後，轉過身向阿倫做出 OK 訊號。阿倫也回給黃毛 OK 訊號。黃毛取出引火器置於乙炔火把前方，將乙炔、氧氣和高壓空氣閥轉開，引火器一摩擦，引出火星，乙炔氣體和氧氣瞬間在水底燃燒起來。黃毛將火焰調整成高溫的藍色火苗，對準船舷鋼板，鋼板受熱開始鎔解，紅色的鋼板碎屑向下滴落，黑色的燒燃氣體向上竄升，高壓空氣在火苗四周噴射，將海水推開。

藍色的火光、白色的氣泡、黑色的濃煙、紅色的鐵屑，這是阿倫見過最美麗的水底畫面，一股鐵屑燒焦的味道傳到阿倫的鼻子，阿倫突然覺得胃裡有翻攪的感覺，這才想起自己還處在宿醉的狀態。胃的不舒服，再加上眼睛盯著藍光看久了引起頭的昏眩，忽然感覺到喉嚨一陣作嘔。阿倫急忙把呼吸器從嘴中取下，忍不住就……

「哇！」的一聲，昨天晚上喝的酒、吃的菜一起從胃裡爆發上來，嘴巴一開，食物全吐給了太平洋。

一陣撲鼻的酸氣立刻傳到阿倫的鼻子裡，這味道也迅速向四周傳開，沉船處附近的小魚迅速向阿倫靠攏，爭相啄食他吐出來的餌料。剎那間，阿倫已經被成百上千的小魚圍繞，阿倫被這景象吸引，忘了宿醉的痛苦，忘了正在協助黃毛做水底切割作業的該有任務，陶醉在欣賞小魚啄食的迷人景象裡。

突然耳際傳來銳利而刺耳的「噹！噹！噹！」聲音，是黃毛正用他的潛水刀敲打船舷鋼板，黃毛的眼睛也正盯著阿倫看。阿倫回過神來，將呼吸器重新塞回嘴裡，向黃毛做出OK的手勢，表示自己已經沒事了。黃毛示意阿倫後退，離開他遠一點，顯然剛才的餵食秀引起魚群瘋狂聚集與追逐的動作妨礙了他的專注。阿倫向後挪開一段距離，大概離黃毛有五公尺遠，黃毛不滿意，示意他繼續後退，阿倫無奈的又向後退了五公尺，黃毛才滿意的比出OK訊號，並示意阿倫保持在那個位置休息，不要靠近。

離開黃毛有十公尺遠距離的阿倫，看著黃毛持續專注在切割鋼板的作業上。黃毛從上而下切割，已經把十公尺長的船殼切開了八公尺，大約再往下兩公尺，就可以完成第一道切割線。

藍色的火光、白色的氣泡、黑色的濃煙、紅色的鐵屑再度吸引了阿倫的目光，正當阿倫看得入神時，突然那藍光一閃，瞬間擴大成極亮的白光，整個海域被照亮成白色，一股強大的水壓力壓迫過來。阿倫感覺到耳朵劇烈的疼痛，胸口被一股震波擠壓，肺部空氣從嘴裡噴出，身體被震壓推倒並向後漂移，一股燒焦味與血腥味隨之傳到鼻子，最後再聽到一聲轟然巨響，然後四周海域轉為淺藍，聲音轉為寧靜。更濃的血腥味傳入鼻子，一絲絲、一片片的綠色液體漂向阿倫，逐漸把淺藍的海水給掩蓋。阿倫感覺到自己被那綠色液體環抱，在失去他最後的感官知覺前，恍惚感覺到有一黑色人影漂過來，阿倫用最後的視力茫然望著那黑色人影越漂越遠……

□

阿倫彷彿聽到有人在呼喚他的名字，慢慢甦醒過來，眼前出現一模糊的人影。

「阿倫，你醒了嗎？我是拖鞋。」

阿倫認出是拖鞋老師，急忙想起身，這時候才發覺自己躺在醫院的病床上，疑惑的說：

「咦？我怎麼會在這裡？拖鞋老師！你怎麼也在這裡？」

「阿倫，你終於醒來了。這裡是高雄海軍醫院，你已經昏迷了三天，還記得發生什麼事嗎？」

阿倫極力的回想，腦袋裡出現黃毛在進行水下切割沉船鋼板的畫面，藍色的火苗、紅色的鐵屑、白色的氣泡、黑色的濃煙，然後出現自己在水下欣賞小魚啄食的景象，接著出現白光，最後出現自己被綠色的液體包圍，然後……突然，阿倫想起來了……

「水底發生氣爆！拖鞋，水底發生氣爆了！」

阿倫想起了他失去知覺前那瞬間爆炸的景象，情緒激動的繼續喊著：

「黃毛！黃毛呢？」

拖鞋將阿倫的情緒安撫下來，說：

「阿倫，你是這場水下爆炸目前唯一獲救的人員。不僅僅是黃毛，還有黑皮、阿貴、強納森和阿文，到現在都還沒有被找到。健福還在沉船現場持續進行搜救任務，但你是唯一的水底下目擊者，只有你最清楚水底下發生了什麼狀況。你現在從頭到尾再回憶一次，把你所記得的告訴我，我們也許還有機會可以找到他們。」

阿倫把他抵達沉船現場後的所有細節，很詳細的向拖鞋說明一遍，包含黃毛教他水下切割的兩個安全注意事項，最後還不安的問拖鞋，為何會發生爆炸。拖鞋說：

「健福花了很長的時間才救到你，把你在船上安置好、再下去尋找時，水底和水面都沒有發現其他人。黃毛切割鋼板處的確是被炸開一個大洞，健福和我分析過現場狀況，我們推測可能是鋼板底部有類似鏽蝕的油路管線，黃毛切割鋼板時，滴落下來的滾燙鐵屑把鏽蝕的管線給燒穿了，最後才不幸引起爆炸。」

「拖鞋，黃毛還活著嗎？」

「阿倫，黃毛是否還活著，只有你最清楚了，不是嗎？」

阿倫眼前又出現藍色的火苗、紅色的鐵屑、白色的氣泡、黑色的濃煙，原本以為這是他所見過最美麗的海底景象，如今已轉變成恐怖的畫面，在腦海裡一直盤旋，藍、紅、白、黑不斷的旋轉、扭曲、攪和，然後出現了一絲絲、一片片、一朵朵的綠，那是潛水夫的鮮血。

黃毛告訴過他，拖鞋教過他，潛水夫的鮮血是綠色的。他聽過、他學過，但他從來都沒看過，如今，他生平第一次看到的，居然是黃毛的鮮血。黃毛的鮮血在水底下是這麼的綠，比他看過的樹葉還綠，比黑皮給他看過的豐田玉還綠。

和黃毛比肩潛水、成為黃毛的潛水夥伴，是他這一年來日夜期盼的夢想，沒想到這夢想實現的喜悅居然如此短暫，而黃毛綠色鮮血環繞在他身體四周的景象，將成為他人生永遠的夢魘。

失去唯一親人的恐懼感開始占據阿倫所有的思緒，這股恐懼感逐漸加劇轉為莫名的驚慌，阿倫突然覺得呼吸越來越急促，眼前景物開始泛白，幾乎就要休克，耳際拖鞋呼喚他的聲音越來越遠……

腦海中似乎又出現黃毛潛水的景象。黃毛手裡拿著火焰切割手把，對阿倫說：

「阿倫，潛水第一條守則是什麼？」

阿倫只顧著開心的用手撥弄四周啄食的小魚，沒有理會黃毛。黃毛只好自問自答的說：

「阿倫，潛水第一條守則是，在任何情況下，都不可以拋棄你的潛水夥伴。」

黃毛專注的看著阿倫，沒有注意到有一滴火紅的鐵屑正往底下的油管滴落。阿倫還是開心的在與啄食的小魚玩耍，但眼睛注意到那滴往下滴落的鐵屑……

「阿倫、阿倫！」

是拖鞋在呼喚他的聲音。阿倫再次清醒過來，發現自己正全身蜷縮在屋內牆角處，不停的顫抖。

屋內除了拖鞋之外，也出現健福的身影。

「阿倫，健福剛從現場回來。健福認為黑皮、阿貴、阿文和強納森還活著，他們有可能在某處海面上漂流。海上求生的黃金七十二小時已過，軍方單位已放棄搜救任務，現在就必須靠你來找回黑皮、阿貴、阿文和強納森了。請你再回憶那天的海底情形，黃毛有沒有交代你什麼緊急應變措施……」

阿倫停止顫抖，他已經度過失去黃毛的恐懼階段、驚慌階段和極度害怕階段，現在正進入痛徹心扉的悲傷階段，他的思緒還無法從悲傷中轉移出來。拖鞋繼續說：

「阿倫，黃毛跟我說過，有一天你將取代他來帶領他的潛水夥伴，黃毛很早就對你有這個期待。想想看，如果你是黃毛的話，現在應該怎麼做？黃毛一定有告訴過你，潛水夫第一條守則是什麼？是在任何情況下，都不可以拋棄你的潛水夥伴！你是黃毛的潛水夥伴，你是黑皮、阿貴、阿文、強納森的潛水夥伴，如今黃毛走了，你就是取代黃毛的人。黃毛會像你現在躲在醫院牆角嗎？黃毛會拋棄他的潛水夥伴黑皮、阿貴、阿文和強納森嗎？」

阿倫慢慢鬆開他蜷曲的身體，扶著牆角站起身來，望著拖鞋和健福說：

「拖鞋、健福，我們現在就回到七星岩現場吧！我不會拋棄黑皮、阿貴、阿文和強納森，也不會讓黃毛失望的。」

□

拖鞋、健福和阿倫三人搭船來到七星岩海域，海面上看似風平浪靜，唯有在暗礁處可以看出黑潮快速的往北流動。阿倫回憶當天的情景，說：

「水底氣爆時，我離黃毛的位置大概有十公尺遠，黑皮和阿貴在船的另一側，阿文和強納森在船甲板上方。他們四人的位置離爆炸點更遠，受到氣爆的傷害應該比我還輕才是。」

拖鞋看了一下海底暗礁與沉船的位置，然後說：

「他們四人有可能被暫時震昏或震傷。依據他們豐富的水下經驗，一定會設法浮到水面上等待救援，但海面上黑潮水流很強，有可能在等待救援期間被海流帶離現場很遠，所以健福和後來的搜救隊伍都無法在七星岩找到他們。」

健福點了點頭表示同意拖鞋的分析，也接著說：

「他們四人只要有一人甦醒過來，一定會在海面上設法找到其他三人，然後大家聚集在一起，互相照應，並擴大目標點來增加獲救機會。」

阿倫眼睛一亮，脫口說出：

「所以他們四人現在可能一起在海面上，一直被黑潮帶往台東方向漂，對嗎？」

拖鞋說：

「今天是第四天，說不定已經漂到花蓮了。」

健福擔憂的說：

「在海面上漂流四天，就算他們四人有足夠的海上求生技能而沒有溺水、凍死、累死，大概也可能渴死了吧！」

拖鞋說：

「剛好昨晚海面上有下一場雨，應該多少會有些幫助才是。我們現在必須精確算出黑潮海流的速度與方向，計算他們四人的經緯度座標，才有可能在茫茫大海找到他們。」

阿倫學黃毛的做法，喝了一口手邊的礦泉水，然後將瓶子拋入水面，一隻眼睛看著手錶，一隻眼睛看著礦泉水瓶的流動，然後說：

「黑潮水流速度每秒兩公尺，方向正北，這麼一來，他們第一天就已經往北漂出九十六海浬，難怪搜救船隻與飛機都找不到他們。我們現在仿照他們的漂流路線，把船往北開九十六海浬。」

拖鞋、健福和阿倫的船隻以二十四節的船速，開了四小時來到台東大武漁港附近海域。阿倫再往海面拋入一自製海流瓶，量了一下速度，說：

「速度每秒一公尺，也就是二節，方向東北，他們四人第二天往東北方向漂了四十八海浬。」

船隻再以二十四節的船速往東北方開了兩小時，來到台東太麻里外海。阿倫再往海面拋入一自製海流瓶，量了一下速度，說：

「速度每秒一公尺，也就是二節，方向東北，他們四人第三天繼續往東北方向漂了四十八海浬。」

船隻再以二十四節的船速，往東北方開了兩小時，來到花蓮石梯坪外海。阿倫再往海面拋入一自製海流瓶，量了一下速度，說：

「速度保持穩定的每秒一公尺，也就是二節，方向東北，他們四人第四天繼續往東北方向漂了四十八海浬。」

拖鞋專心的看手中的海圖，然後向健福和阿倫說明他的推斷：

「阿倫、健福，你們看這海圖。黑潮的流向，在清水斷崖處最靠近陸地，過了清水斷崖又開始偏北，離台灣陸地越來越遠，我估算黑皮他們四人明天會漂到七星潭海域。我們必須在七星潭外海組成一條防線，期望在這一條防線找到他們。我們已經在海面上追了一整天，現在天快黑了。健福，你把船開往花蓮漁港，在那裡讓我和阿倫下船，我去找花蓮漁會的王總幹事協助，請他出動花蓮港的大小漁船，明天在七星潭海域布成一條防線。阿倫，你連夜趕回基隆調動第二屆職業潛水訓練班的學員趕來七星潭，明天清晨隨著漁船一起出發搜救。」

□

第二天清晨，黑皮等四人在海上漂流的第五天，花蓮漁港在漁會王總幹事與拖鞋的奔走下，出動了共約三十艘大小漁船，每艘船的船頭處均掛起搜救旗，蓄勢待發。碼頭處，阿倫召集了三十幾位第二屆職業潛水訓練班學員，做出發前的簡報：

「我們職業潛水訓練班的學長，黑皮、阿貴、阿文和強納森，在海上失蹤已經五天，我們判斷他們四人今天會漂到七星潭海域。這裡是我們有可能找到他們的最後一個機會，花蓮漁會王總幹事召集了三十艘漁船，準備在七星潭外海，從陸地開始向東每二海浬布置一艘漁船，組成一條六十海浬長的防線，從這條防線由北往南搜索，希望能發現正在由南往北漂移的四位學長。我們每人登上一艘漁船，站在船頭處搜索直徑二海浬、一百八十度方圓內的海域，在太平洋上做地毯式的搜索……」

不久，七星潭海域出現前所未有的壯觀場面，三十幾艘大小漁船一字排開，每船保持二海浬的間隔，整齊的由北往南出發搜索。阿倫和拖鞋搭同一艘船，拖鞋看著前方海域出現一群正不斷躍出水面的海豚，跟阿倫說：

「海豚是追著鯖魚而來的，鯖魚是隨著黑潮洄游過來的，這說明我們正走在黑潮的潮水帶上。若黑皮他們四人沒有脫離黑潮的海流，應該就在附近海域了……」

阿倫注意到在海豚躍起的海面出現一海上漂流物，他把目光從海豚的跳躍轉向那漂流物。果然，那不是尋常的漂流物，隨著船隻接近，漂流物越來越清楚，那是四個人聚集在一起，其中有一人還舉起一隻手來左右擺動。阿倫認出那人是黑皮，第二個人也舉起手來，阿倫認出那是阿貴，接著第三隻手舉起來，那是阿文，然後是第四隻手，那是強納森。四個人都還活著！阿倫興奮極了，腦海裡出現黃毛的話：

「潛水夫在任何狀況下，都不會拋棄他的夥伴。」

黑皮、阿貴、阿文、強納森四人，在海面上漂流五天，誰也沒有拋棄誰，全都聚集在一起。拖鞋也看清楚了這景象，正忙著準備放出訊號彈通知所有海面船隻。阿倫一邊積極準備實施海上救援，一邊想起拖鞋的話：

「阿倫，黃毛跟我說過，終有一天你將取代他的位置，來帶領他的潛水夥伴，黃毛很早就對你有這個期待……」

船隻離黑皮他們四人更近了。阿倫注意到，在黑皮他們四人後面，還用繩子拖著一塊保麗龍浮板，浮板上緊緊綑綁住一具屍體，阿倫認出那是黃毛。陳老闆在懷念阿森的餐會上說的那一句話，突然又在阿倫耳邊響起：

「只要他是我們的潛水夥伴，就算是死了，我們都不會拋棄他！」

阿倫自言自語的望著那屍體說：

「黃毛，我就知道，就算你死了，你都不會拋棄我的。我們兄弟倆都將一起活在這片海洋裡！」

搜救的船隻已完成任務回到花蓮港，健福將黑皮、阿貴、阿文和強納森緊急送往門諾醫院，阿倫向第二屆的學員做完簡報並表達致謝，學員正三三兩兩的離去。拖鞋無意間聽到一旁兩位學員之間的談話：

「聽說黃毛流出來的血是綠色的耶？」

「厚！你有沒有上課呀，潛水夫在海底下流出來的血都是綠色的啦！」

「真的嗎？為什麼是綠色的？」

「反正只要你當上了職業潛水夫，血自然就會變成綠色的啦！不信的話，下次潛水時你在自己手臂上劃破個洞，看流出來的血是不是綠色的，不就知道了！」

這一群職業潛水界的新血正似懂非懂的踏入這個行業。後浪推前浪，他們之間一定還會出現類似黃毛這樣的傳奇人物，他們綠色的鮮血將再度薰染這一片海洋。

（全文完）

綠血

作　　者　蘇達貞
文字校對　陳冠榮
封面設計　陳冠榮、許芝瑋、林雯瑛
內頁構成　林雯瑛、翠許
責任編輯　許鈺祥
製作協力　本是文創

發　　行　財團法人花蓮縣蘇帆海洋文化藝術基金會
出　　版　財團法人花蓮縣蘇帆海洋文化藝術基金會
地　　址　花蓮縣壽豐鄉鹽寮村鹽寮 148 號
電　　話　0920073706
E-mail　jsf148k@jsf.org.tw

初版一刷　2019 年 11 月
定　　價　新台幣 999 元

ISBN 978-986-94881-1-2

綠血 / 蘇達貞作 . -- 初版 . -- 花蓮縣壽豐鄉：
蘇帆海洋文化藝術基金會 , 2019.11
面；　公分
ISBN 978-986-94881-1-2(精裝)

863.57　　108016257

蘇帆海洋文化藝術基金會

2011 年，在蘇達貞老師的號召帶領下，本著熱愛海洋，推廣海洋文化、藝術、資源保育、與休閒運動的想法，於花蓮成立蘇帆海洋文化藝術基金會。
集結來自各方的海洋愛好者，希望為台灣地區的海洋教育展開新的一頁，再一次從海洋的角度來看我們所生長的這一片土地，讓下一代不再「恐海」，而是以充滿謙卑與惜福的心態去認識、親近、喜愛孕育這片土地的海洋。

Jonathan Su
Foundation

【專案捐款帳戶】
財團法人花蓮縣蘇帆海洋文化藝術基金會 彰化銀行 花蓮分行 84040110018900
【專案聯絡人】林小姐 0920-073706